講談社文庫

哲学者かく笑えり

土屋賢二

講談社

哲学者かく笑えり　目次

吾輩ハ哲学デアル

第一章　吾輩ハ哲学デアル……11
第二章　所有の概念……25
第三章　健康法の原理……39
第四章　働く女性の意識調査……53
第五章　男とは何か……67
第六章　スポーツは有害である……81
第七章　言い訳の形而上学……95
第八章　成熟の苦しみ……109

第九章　会議は暴れる……123
第十章　わたしが出所した日……137
第十一章　効率的な無駄の作り方……151
第十二章　卒業はいかにしてなされるか……165

【付録】滞英往復書簡録……179

あとがき……244
文庫版あとがき……248
文庫化記念作品　いしいひさいち……253

本文イラスト／いしいひさいち

哲学者かく笑えり

吾輩ハ哲学デアル

第一章

吾輩ハ哲学デアル

女子大で哲学を教えるというのはどんな気分か、ときかれることがある。この質問に正確に答えるのは難しい。不正確でよければ、「フライパンになったみたいだ」とか、「オーストラリアに帰化したメキシコ人が餅《もち》を食べたようだ」など、いくらでも答えられるが、これではだれにも分かってもらえないだろう。本人のわたしが分かってないのだから。どうしても正確に答えようとするなら、「女子大で哲学を教えているような気分だ」としかいえない。

　このような質問が出てくるのは、「女子大で哲学」という表現が奇異な印象を与えるためではないかと思う。男の中には、「女子大」ということばの響きに胸がときめいてしまう人もいるだろうが、これに「哲学」ということばが追加されているため、頭がしめつけられるような感じが加わり、全体として、ヘッドロックをかけられているような、心悸《しんき》亢進《こうしん》と片頭痛が一緒にきたような感覚に襲われるのではなかろうか。「胸がときめいて頭がしめつけられる」ような組み合せとして、「初恋」と「偏微分方程式」、「酒池肉林」と「道徳形而上学原論」、「南十字星」と「重加算税」などが考えられる。

　しかし「女子大で哲学」といっても、実際にはさほど変わったものではない。以下に記すわたしの生活の一端をみていただけば、ごく当たり前のものだということが分かっていただけると思う。

1

一般に容貌や外見をことばで説明するのは困難である。使えることばが限られているため、印象を述べようにも、「美しい」、「醜い」、「魅力的」、「まったりした」、「超限帰納法的」といった、大まかなことばしかない。わたしの場合も、このような大雑把《おおざっぱ》な分類によってとらえられるほど単純ではない。ただ、わたしはしばしば、まわりからスマートだといわれることがある（もちろん実際のことばづかいは違い、「貧弱だ」である）し、教師にしておくのはもったいないといわれている（実際のことばづかいは「教師にしておくのはとんでもない」である）ことは事実である。なお、逆三角形のボディをしているといって喜んでいる人がいるが、わたしのボディは逆四角形である。動作は牛のように機敏である。

しかし容貌については、わたしほど誤解されている者はいないだろうと思う。以前出版した本の帯に、教え子の柴門ふみが似顔絵と推薦文を書いてくれたが、その絵を見た人はわたしの容貌を根本的に誤解しているはずである。その帯を初めて見たのはわたしがイギリスに滞在しているときだった。それを見て早速、わたしは柴門ふみに次のような文面の絵葉書を出した。

＊　＊　＊

前略　拙著の帯を書いていただきありがとうございました。出版社から電話で知らされたとき、どこまでいやらしさを与えないでホメちぎってもらえるかが問題だ、と思っていましたが、それ以前に、ホメてもらえるかどうかが問題だったことを思い知らされました。あの推薦文ではホメているというよりは、ケナシていないか？　似顔絵にしても、もう少しましなものにどうして描けない？　写真じゃないんだから、どうにでもなるだろうが。

こんどの「小説現代」に写真が出るので、すこしは名誉回復になると思うが。しかし写真うつりも悪いのがくやしいところだ。

さて、センセイは、この絵葉書のような荘厳な建物に囲まれて、水を失った魚のように研究にいそしんでいます。この絵葉書を見て、落ち着いた雰囲気の一端に触れ、エリをただしてもらいたい。

草々

彼女は自分の似顔絵も描く。見た人も多いと思うが、ブタの姿に描いているのである。このように自分の顔は実物以上に描いておきながら、恩師の顔は最低の顔に描いているのだ。

似顔絵なら描いた者が悪い、と思ってあきらめることもできる。だがわたしの不幸なところは、写真うつりも異常に悪いということである。通常、写真というものは嘘《うそ》をつかない、と考えられている。法廷で証拠として認められるほどだ。にもかかわらず、わたしは自分の写真を見て、良く撮れているとか、あるいはせめて忠実に撮れていると思ったことは一度もない。似ても似つかない、ひどい顔に写ってしまうのだ。残念なことに、これはカメラのせいではない。その証拠に一緒に写っている友人や学生などは例外なく、これ以上望めないほど良く撮れているのである。

写真だけならまだいい。わたしの場合、鏡でさえ実際よりもはるかに悪くしかうつさないのである。「写真うつりが悪い」という言い方はあるが、「鏡うつりが悪い」という言い方はない。このことが示しているように、写真うつりの悪い人はまれにいても、わたしのように鏡うつりまで悪いという恵まれない者はいないのである。

＊＊＊

鏡にまで不当に扱われるぐらいだから、他人の眼（水晶体、網膜、視神経など）がわたしの容貌をひどく損なってうつしだしているとしても不思議ではない。みんなが口をそろえて「おまえは写真うつりがいい」と言うのをみても、他人の目にわたしの容貌がいかに悪くうつっているかが分かる。こんなことなら、「あまりハンサムに見えないが実際にはハンサムである」よりも、「実際にはハンサムではなく、たんにハンサムに見えるだけ」の方がずっとよかったと思う。

最近、雑誌社のプロ・カメラマンに写真を撮ってもらった。期待してなかったのだが、雑誌に載った写真を見て驚いた。生まれてはじめて納得できる写真だったのだ。さすがにプロは違う。今までの不遇が報われたような気持ちで、われながらほれぼれと見ていたら、写真の下に唐沢寿明と書いてあった。

仕方のないことかもしれないが、学生は教師を学問よりも外見によって評価する傾向がある。先日もエレベーターに乗っていたら、学生同士、

「あの先生って、とってもすてき」

とささやいているのが耳に入り、わたしは恥ずかしさのあまりうつむいてしまったが、耳をそばだてて聴いていたら、間もなく、わたしのことではないことが判明した。わたしは、紛らわしいしゃべり方をしないように教育する必要性を心に刻みながらエレベーターを降り、その足で助手室に向かった。話はそれるが、今の助手（わたしの教え子である）は、どういうわけか、わたしがいつ助手室に行っても必ず手作り弁当を食べている。一日に何個弁

当を食べているのか見当がつかない。その弁当がまた、品数といい、いろどりといい、凝りに凝っているのだ。弁当を作る熱意の半分でも勉強に向けられないものかと思う。

まだ昼前だがどうせまた食べているに違いないと思いながら部屋に入ってみると、助手は意外にも机上に置いたノート型パソコンに向かっている。わたしは思わず叫んだ。

「こらっ、パソコンを食べるんじゃない！」

「食べてるんじゃありません」

「でも食べようとしていただろう。絶対に食べないように。国有財産なんだから。それはそうとX先生はなかなか人気があるようだな」

「そうです。X先生にはファンが多いです」

「どうしてなんだろうな。わたしとそんなに違わないように思えるんだが」

「考えようによっては、先生の方がすてきです」

「公平に見てわたしもそう思えるんだが」

「むこうはただハンサムで背が高いだけです」

「そうだとも。ちょっと見てくれがいいから、といって、それが何なんだ」

「それに話が面白くて学問的に優秀だというだけです」

「その通り。病気の数ならわたしは絶対にひけをとらない。欠点と借金の多さでも負けない自信がある」

「そういうことにかけては絶対先生の勝ちです」

「ちょっと待てよ。ひょっとしてわれわれはX先生をホメたたえていないか？」

「そんなことはないです。たんに事実を確認しているだけです。先生にはご自分の良さが分かっていらっしゃらないんだと思います」

「そうなんだ。〈灯台下暗し〉というが、自分ではどうもはっきり分からないのはたしかだ」

「わたしにも分からないくらいです」

「もっと離れたところにいる人でないと分からないのかもしれない」

「アルゼンチンあたりの人なら分かるかもしれません」

「それじゃ何にもならないだろう。日本でどう思われるかが問題なんだから」

「アルゼンチンに移住したら、日本での評判が上がるんじゃないですか」

「わたしはサッカーとタンゴが嫌いなんだ。それにちょっと遠すぎる。北千住《きたせんじゅ》よりもっと先だろう。こんど本を出版することになっているのに、アルゼンチンでしか売れない、なんてことにならないでほしいものだ」

「アルゼンチンで日本語の本を売るのは無理でしょう。でも売れるといいですね。『ソフィーの世界』は百万部売れたそうです」

「なら、わたしの本のタイトルは決まった。『続・ソフィーの世界』とすれば五十万部はいけるだろう。あるいは『ソフーの世界』の方がいいかもしれない」

「そんな詐欺《さぎ》みたいなことをするのなら、挿絵を多くして文章を削ったらどうですか。いっそ絵本にすればどうでしょうか」

「それじゃ、わたしの文章がない方がいいのか。失礼なことをいうやつだ」

「そんなつもりでいったんじゃありません。尊敬の気持ちの裏返しです」

「頼むから、裏返さないでくれないか。そんなもの、裏返すものじゃないだろう。ところで君は音楽が好きかね」

「ええ、大好きです」

「それはよかった。実は今度わたしが仲間とライブハウスでジャズの演奏をすることになった」

「それは残念です。その日はちょうど都合が悪くて行けません」

「まだ日時をいっていないのに、どうして都合が悪いと分かるんだ」

「都合が悪いというより、えーと、実はわたし、音痴なんです」

「えっ、そうだったのか。君は音感まで悪いのか」

「でも、自分の音程が外れていることは分かるんです」

「じゃあ、訓練すればなんとかなる」

「えっ、そうなんですか。音痴がなおるんですか」

「音痴はなおらないかもしれないが、外れても自分では気がつかないようにすることはできる」
今になってこの会話を思い返してみて思うのだが、この助手も再教育の必要がある。

2

教師は外見よりも講義で勝負しなくてはならない。わたしはいくつか講義を担当していて、百人を越す学生を教えることもある。よく大教室での講義は私語が多いといわれるが、わたしの講義中は静かである。これは学生が眠っているせいばかりでなく、わたしが厳しく私語を禁じているからだ。もし私語をする者がいたら腕ずくでも出ていってもらう、という強硬な態度をとっているのだ。もちろん最近の学生は体格がよいため、腕ずくだと十人に六人はわたしの方が負けるであろう。だが、最近わたしは、できるだけエレベーターにも乗らず、努めて歩くようにしているから、脚力はかなりついているはずである。逃げることにかけては自信がある。この自信の裏付けがあるからこそ、強硬な態度に出られるのだ。

女子学生相手に腕力はいらないと思う人もいるだろうが、学生の中には、一見すると、ただのおとなしいゴリラのように見えながら、実際には狂暴なゴリラのような者もいるのだ。

強そうな学生が失礼なふるまいをすることがあれば、わたしは笑顔を浮かべることによって警告の意を伝えることにしている。弱そうな学生が相手だったら、もっと厳しい警告の仕方になる。

講義のスタイルは、理路整然、立て板に水、というのがぴったりする表現だと思っている。しかし先日、講義に対する希望を学生に書いてもらったら、心外にも「〈あー〉とか、〈うー〉とかいうのを減らしてほしい」という要望があった。たしかにわたしは、やや表現力に欠けるところがある。頭の中では完璧な講義ができているのだが、表現力がないばっかりに、口をついて出てくるのは、どうしてもくだらないことが多くなってしまうのだ。その中では、〈あー〉や〈うー〉は比較的ましな方だと思う。それを減らせというのは、一体どういうつもりなのか、理解に苦しむところである。

小人数の講義やゼミも担当している。このような授業では、議論することが多くなる。わたしも人間だから、ちょっとした考え違いくらいはする。考え違いといっても一時間に三回程度である。学生たちは、このわずかな機会をとらえて、居丈高《いたけだか》にわたしの間違いを指摘する。たしかに学生の口調は遠慮がちである。教師の誤りを指摘しようとするのだから、自分の正しさに不安を感じるのも当然である（もしかしたら、わたしに教わっていることに不安を抱いているのかもしれない）。しかし、おずおずとした学生の口調の裏に居丈高な態度がひそんでいることは間違いない。もしわたしが同じ状況で学生の立場に立っていたら居丈高になっているに違いないということからも、そう断言できる。

もちろんわたしもやられっぱなしではない。十回のうち一回は反撃する（その場では反撃できず、風呂に入っているときや寝床についたときになって反撃したのを入れると、十回に三回は反撃しているといえる）。

学生の理解力のなさに苦労することもある。ちょっと難しい話になると、いくら説明しても学生が理解を示さないことがあるのだ。とくにわたし自身よく分からない事柄についての理解力が弱いようだ。

3

こういう生活が重圧を与えないはずがない。わたしの心も身体も限界まで傷みきっている。胃の具合は悪く、食べられるのは肉（できれば上等の肉）だけということがたびたびある。頭痛も慢性化しており、激しい頭痛のために、会議になると決まって居眠りをしてしまう。余命もあとせいぜい五十年くらいなものだろう。

わたしは重圧から逃れるために、笑いを求め、ついには自分でも戯文を書き始めた（それを集めたものが『われ笑う、ゆえにわれあり』〈文藝春秋〉として出版されたが、この本は発売当初から爆発的に売れ残り、いまだにその勢いは衰えていない)。一般に笑いを求める人を見たら、その人は家庭か職場で恵まれていないと考えて間違いない(笑いを求めていない人を見ても、同じように考えて間違いない)。このことから、わたしが家庭か職場か、あるいはその両方で、恵まれていないことが、論理的に推論されるのである。

以上がわたしの生活の一端である。誤解され、闘い、苦しんでいる点では普通の人と変わるところはない。強いて言えば、あまりにも普通すぎるところが変わっているかもしれない。

第二章

所有の概念

わたしは色々なものを所有している、と思っていたが、よく考えてみると、病気、邪心、悪妻などはもっていると断言できるものの、たいしたものはもっていないことを認めないわけにはいかない。給料が銀行振り込みになって以来、通帳も印鑑も妻が管理しているのでどこにあるのか分からない。偶然見つけても、置き場所をときどき替えるらしく、次に探すときにはもう見当たらない。わたしの友人は、現金自動支払機にキャッシュ・カードを入れたら、「この口座は解約されています」というメッセージが表示されたという。奥さんが別の口座に金を移していたのだ。幸い、わたしはそこまで惨めな経験をしたことはない。キャッシュ・カードを持たせてもらっていないのだ。

所有しない方がいいものもある。脂肪、寄生虫（どっちが所有しているか不明である）、不良債権、不良在庫、不良息子など、数は多い。しかし概して言えば、人間にはできるだけ多くのものを所有したがる傾向がある。たとえ自分には必要がないものでも、超格安だったりすると争って自分のものにしたがるのだ。

そうやって手にいれてどうするかというと、たいてい、ただ手元に保管しているだけである。保管するということは、保管のためのスペースを提供したうえ、管理の苦労を引き受けなくてはならず、ふつうは保管料をとらないと引き受けないような不利なことなのに、金を払ってでも保管したいというのだから理解に苦しむところである。

わたしの理解に関係なく、所有はあまねくいきわたっている。日本の広大な土地も、隅々までだれかの所有物である。家にしても何百万軒とあるのだから、一軒ぐらいだれのものでもないような家があってもよさそうに思えるが、実際にはわたしが勝手に住んでもかまわないような家は一軒たりとも存在しないのである。計算上の見落としは一億円でもありうるのに、こういうことには絶対に見落としがないのは不思議である。人間の所有欲はそれほど旺盛《おうせい》である。

1

このようにほとんどの事物がだれかの所有物であるにもかかわらず、もっと細かい単位で見ると、だれのものでもないようなものが無数にある。たとえば人間を構成している細胞はだれのものだろうか。細胞なら、だれかのものだといえるかもしれないが、もっと細かく、分子や原子、さらに素粒子までいけば、もう「それはおれのものだ」と言う人はいなくなるだろう。

これは不思議なことではなかろうか。どんなものでも、だれかの所有物であるのに、その所有物の小さい部分、まさにその物を構成しているものは、だれのものでもないのである。他人の家の柱や畳を取ればただではすまないかもしれないが、柱の分子を三個ぐらい取ってもだれも文句は言わないだろう。他人が持っている山を取るわけにはいかなくても、その部分である土を二グラムぐらい取っても何とも言われないのだ。しかも家は微細な部分を寄せ集めたものであり、山は土を寄せ集めたものなのである。だれの所有物でもないものを適当に集めるといつのまにか所有権が発生するのである。

これは常識に反している。常識的には次の二つの前提は自明であるように思われる。

原子はだれのものでもない（前提一）

だれのものでもないものを集めても、だれかのものにはならない（前提二）

この二つの前提から次の結論を導くことができる。

ゆえにだれかの所有物になっているものは原子からできていない（結論）

この結論に達して、物理学上の大発見をしたと勘違いする人がいるかもしれない。あるいは、結論を「ゆえにだれも物体をもっていない」という文に替えて、経済学上の発見をしたつもりになる人がいるかもしれない。しかし現実はそれほど甘くない。前提二が誤っているのだ。だからそこから導出された結論も誤りである。

次の推論はどうだろうか。

人間の細胞二、三個はくずである（前提一）

くずの集りはくずである（前提二）

ゆえに人間はくずである（結論）

この推論が正しいかどうかを決めるのは難しいと思う人がいるかもしれない（注一）が、少なくとも前提一と結論は正しいといえるだろう。

（注一）前提二が誤っている可能性が大きい。たとえ前提と結論に使われる文がすべて正しくても、誤った推論というものはありうる。たとえば、

雪は白い

ミルクは白い

ゆえにカラスは黒い

という推論の場合、それぞれの文は正しいが、推論としては誤りである。

さらに人の身体の部分について考えていくと、所有の観念は次第にゆらいでくる。わたしはたしかに自分の身体をもっているし、手足、心臓、脳といった身体の部分をもっている。しかし、心臓か脳を失うだけでわたしそのものが失われてしまうのである。「心臓か脳を失う」といっても、消滅してしまう必要はなく、たんにわたしから離れたところに移動する

か、身体の各パーツがばらばらになるだけでわたしは存在しなくなるのだ。

　普通の所有物なら、移動したくらいで所有者が消滅するようなことはない。わたしの自転車がどこかへ移動しても、ばらばらになっても、わたしがその自転車の持ち主であることにはかわりがないし、まして、それによって持ち主のわたしが消滅することはありえない。それに対し、身体の場合、所有物の身体はばらばらになっても存在しているが、持ち主の方は消滅してしまうのだ。

　これだけでも十分に不可解だが、さらに奇妙なのは、身体の持ち主であるわたしの所在が不明だということである。わたしは身体ではない。しかし心でもない。「わたしは心をもっている」という言い方が認められているように、わたしは心の持ち主であるかもしれないが、心と同一ではないように思える。心の中にある感情や考えも、「わたしのもの」ではあっても、わたしそのものではない。心のどこを探してもわたしというものは見当たらないのだ。

　デカルトは、「わたしというものほど確実に存在しているものはない」と言ったが、よく考えてみると、「わたし」は身体の中にも心の中にも見当たらない。所有物だけがあって持ち主がどこにいるのか見当たらないのだ。持ち主がこんなあいまいな状態でわたしの身体や心がどうして盗まれないのか不思議である（「心を奪う」とか「身体を奪う」ということはあるが、所有権が失われるわけではない）。たぶん、どうすれば盗んだことになるのかが知られていないからだろう。もしかしたら、文明の発達した宇宙人が盗み方をすでに発見していて、わたしの心も身体も宇宙人の所有物になっているのかもしれない。あるいは、わたしそのものがすでに盗まれていて、そのためにどこを探しても見つからないのかもしれない。

2

では所有とは何だろうか。所有の観念は早くから発達する。幼児がことばをおぼえて最初にする主張の一つは「それわたしのっ!」という所有権の主張であろう。このように所有の観念は基本的である。だが基本的なものほど、考えれば分からなくなるものである。

所有はたんにどこかの帳簿に記録されている、というだけのことではない。所有の観念は、「対象を自由にできる」、「思い通りになる」あるいは「他人の勝手にさせない」という観念と結びついている。所有ということが成り立つには、最低限、自分の思い通りになるものが存在していなくてはならない。

しかし、思い通りになるものが、はたしてこの世に存在するのだろうか。生物は他者の思い通りにはならない。犬、猫、虫、植物など、どれをとっても自分勝手で、簡単に人の言うなりにはならない。とりわけ人間、それも女がそうである。

人間が自分の思い通りにするために作った道具にしても、わたしの言うなりになったためしがない。テレビや洗濯機などは勝手に故障するし、「高機能になれ」と念じてもけっして高機能にはならない。思い通りにできることといえば、せいぜい電源を入れたり切ったりするくらいのものだが、その電源スイッチでさえ故障したりするのだ。

もっと単純な道具になると、故障はずっと少なくなるが、わたしの言うことをきかない点ではかわりがない。こういう道具はまず、必要なときにかぎって姿を消してしまうし、金《かな》づち、ナイフ、のこぎりなど、原始的になればなるほど、思い通りに使うことは困難である。ちゃんと使えるようになるには、何年も修業を積まなくてはならないのだ。これでは、「道具が人間の思い通りになっている」というより、「人間が道具の思い通りになっている」と言う方があたっている。

コンピュータのように複雑な道具になると、まず作動させるところまでもっていくのがすでに困難で、半分の人はこの段階で挫折《ざせつ》する。作動させるのに成功しても、コンピュータは人間なら百年かかるような複雑なミスをわざわざ犯すし、また救いがたいことに、ミスだということを絶対に認めようとせず、同じミスを頑固なまでに、何万回でも正確になぞるのである。

さらに、土地、家などは、まったく勝手そのものである。働けといっても働くわけでなし、固定資産税くらい自分で何とかしろと言っても馬耳東風である。自分の都合で勝手に老朽化したり、価格を下げたりするのだ。

言うことをきかないのは、生物や道具類だけではない。こともあろうに、自分自身の身体でさえ言うなりにはならない。思ったように速くは走れないし、空を飛べないし、勝手に病気になったり、勝手に機能を止めてしまったりするのだ。ひとがんばりほしいところで勝手に眠り込んでしまう、眠ろうとすれば眠れない、勝手に太る、やっとのことで体重を減らしても必要な肉が落ちて不要なところは太いままであったりする。老化すまい、死ぬまいと思っても、絶対に思い通りにはならない。

しかし勝手さにかけては、何といっても心にかなうものはないだろう。勝手に落ち込んだり、記憶するのを拒否したりするのはもちろんのこと、そもそも「思い通りになる」というとき、その「思う」こと自体、われわれとは関係なく勝手に起こるとしかいいようがない。「タバコがほしい」という気持ちも勝手に起こるものだし、また、「タバコを吸いたいという気持ちをなくしたい」と思う気持ちも勝手に起こるのである。

だからたとえ自分の「思い通り」になるものがあったとしても、「思い」そのものが勝手に起こっている以上、われわれの自由になるものは何もない。何者かが勝手にわれわれをもてあそんでいるとしか思えないのである。

これでは身体と心を所有しているというより、むりやり押し付けられている、といった方があたっているのではなかろうか。ろくでもない心と欠点だらけの身体を生まれながらに押し付けられて、断わることもできず、心の中に勝手に生じる考えの言うなりになっているのだ。

このように、本来の意味で自分の思い通りになるものがない以上、われわれが所有できるものは何もない。

3

現実には、人間は所有をめぐって狂奔し、戦争まで引き起こしている（所有のために生命の所有を放棄しているのだ）。しかしそもそも所有者が自分であろうと他人であろうと、そこにどんな違いがあるのだろうか。自分が持ち主なら、税金を払ったり、管理したりしなければならないし、人に盗《と》られないよう用心しなければならない。場合によっては、管理と防犯に追われる生活を強いられることもある。広大な庭園などもっていたら、維持するだけ大仕事である。つくづくそんなものをもっていなくてよかったと思う。

どうしても所有したいのなら、美術館の絵画や公共の庭園や大自然を自分のものだと思ってみてはどうだろうか。管理は他人にやらせていると考えればよい。このように簡単な思い違いをするだけで、所有欲は十分に満たされるのだ。

自動車にしてもそうだ。高価な自動車を見たら、面倒な管理を無料でやってもらい、その上、無料で使ってもらっていると考えればいいのだ。あるいは、その持ち主に車をプレゼントしたのだと思ってもよい。自分の身内や恋人にならプレゼントすることができるのだから、心を広くもてば、赤の他人にプレゼントした、と思い込むことも不可能ではないだろう。

しかし、このような方法で所有欲を満たすのは不可能でないにしても、かなり無理がある。所有のやっかいなところは、一度所有欲に取りつかれたら、どこまでも欲望が肥大して、そこから抜け出すのが容易でなくなるということである。だから、姑息《こそく》なごまかしで所有欲を満たそうとするよりは、いっそのこと、所有を断念する、という方向に転じるべきだという考え方も成り立つ。

たいていの場合、生物から教えられることが多いものだが、所有についてはとくにそうだ。たとえばニワトリは人間に卵を盗まれ、牛は乳や子を盗まれている。それも人間だったら目を閉じていても盗まれたことに気づくようなあからさまなやり方で盗まれている。しかしそれでもかれらはテンタンとしている。リンゴとかミカンに至っては文句をいう可能性さえない。どんなに盗まれるのが嫌でも、拒否できないまま、毎年実を結んでいるのだ。なんといさぎよく、すがすがしい態度であろうか。

これに比べて人間の物欲のなんと強いことか。一般に物欲というものは、甘やかすとどこまでもつけあがるものである。ふだんわれわれの物欲はある程度満たされている。そのため物欲は細かいところにまで及び、新品の車や洋服のわずかな汚れを気にし、本を買うときは少しでもきれいなものを求めて上から二冊目をとるようなこだわりの毎日を送っている。しかし物欲を断念せざるをえないような状況（戦争になってすべてが空襲で破壊されたような場合）では、そんなこだわりはふっとんでしまうだろう。そうなったら、当然ショックを受けるに違いないが、所有に起因するさまざまな心配から解放されたという喜びも少しは混じるのではなかろうか。

このような場合、とくに望ましいのは、戦争や天災のように、だれにも破壊の責任をとってもらえない、という状況である。責任者がいたら、損害賠償を請求しなくてはならないし、未練をふりきることは難しいだろうが、責任者がいなければあきらめるしかなく、執着心から解き放たれて、かえってせいせいするのではなかろうか。

逆に、所有を求めていくと、所有の憂鬱《ゆううつ》がつきまとい、果てしない欲望の奴隷になって、こせこせした人生を送ることになる。このことに気がついて、所有欲を断ち切るという考えを実践した先覚者もいた（物への執着を断ち切ることに執着心を燃やしたともいえる）。キリストや仏陀《ぶっだ》もそうだが、有名なのは一遍上人やディオゲネスである。われわれもこういう人にならって、いさぎよく捨てる喜びを味わいたいものである。なお、貴重なものを捨てる時はぜひわたしに一報していただきたい。

第三章

健康法の原理

健康がすばらしいものだという幻想につけこむような商売（健康器具販売、健康関連書、薬局、病院など）が近年隆盛をきわめている。それだけ多くの人が健康になりたいと切望しているからであろう。実際、健康になるためなら死をも辞さないという意気込みさえ感じられるのである。健康になっても大して価値のあることをしそうには思えないが、ここでは、健康の価値そのものは問わないことにして、健康法について考えることにする。

健康法にはさまざまあるが、大きく「民間健康法」と「正規の健康法」の二種類に分類することができる。民間健康法は、次のような特徴をもっている。

① 簡単安易である。毎日五十キロ走れとか、百日間山にこもれ、といった健康法があっても普及しないだろう。所要時間も一日五分が限度であろう（健康を切望しているといってもこの程度のものである）。

② 万病に効く。画期的な健康法であればあるほど、あらゆる病気を治すものだと信じられている。「水虫からガンまで」、「夜尿症から心臓マヒまで」治る、というふれこみがあれば申し分ない。

③ 痛くない。せいぜいタワシでこするときの痛みが限度である。

④ 厚生省や科学者が認めていない。

これらの条件が満たされれば効果のほどは二の次である。確実に効果があるなら、健康法として定着するはずであるが、民間健康法はどれも定着せず、流行《はや》りすたりを繰り返しているのがその証拠である。

「正規の健康法」は、これと逆で、医学に裏付けされたものを指す。当然厚生省も認めている。したがって正規の健康法はスリルに乏しい。

たとえば「驚異の回春術」といっても、正規の健康法に従うかぎり、結局は「規則正しい生活と適度の運動とバランスのとれた栄養」というハンで押したような結論が出るだけである。われわれはそんなまどろっこしい健康法を求めているのではない。一発大逆転の健康法を求めているのだ。ここに各種の民間健康法がもてはやされる余地がある。

どんな健康法が選ばれるかは、人の置かれている状況によって変わってくる。非常に健康な人は自分の健康に無頓着《むとんじやく》で、何にも頼らない。自分の健康に疑念を抱くようになると、民間健康法に頼る。はっきり病気だと分かれば、正規の医学に頼るようになる。いよいよ手おくれだと思ったら、神に頼るようになる。こうして人間は病気が重くなるにつれて、傲慢《ごうまん》さを失い、しだいに信心深くなっていく。

各種健康法をみているうちに、わたしはそこに何らかの原理が働いているのではないかと思い、帰納的にいくつかの原理を明らかにした。わたしはこうやって実験もせず、観察もせず、思弁のみによって健康になる方法を発見するという、前人未到の道に踏み込んだわけである。その場合、正規の健康法だけでなく、民間健康法をも考慮に入れた。民間健康法も提唱されている以上、だれかが試し、何らかの効果があったと推定されるからである。アリストテレスもいったように、どんな主張にも、いくばくかの真理が含まれているのである。

★自然主義の原理

これは、自然に返れば健康になる、という原理である。この原理は、自然界の動物が動物園で飼われている動物より短命であること、人間は医学が発達するにつれて長生きするようになったことを無視している。だが文明や人工物は「汚染」、「堕落」とされてきたし、また養殖のハマチより天然のハマチの方がおいしいのもたしかである。

先日、身体の一部をマッサージするとあらゆる病気が治るという健康法をテレビで紹介していたが、その考案者は「なぜ寝たきりの猿がいないのか。それは自然な生活を送っているからだ。猿や猫が医学部に行って医学を勉強するだろうか。人間だけが医者になるのだ」と話していた。

ふつうなら、ここから出てくる結論は、「自然界の動物は、寝たきりになるほど長生きしないし、医学部へ行けるほど頭が良くないし、入学金を払えるほど金持ちでない」ということだと考えるだろう。しかしテレビでは「だから人間は不健康だ」という結論を引き出していた。

わたしなら「自然の動物が虫歯になるだろうか。歯を磨く人間だけが虫歯になる。野生の動物が近視になるだろうか。学術書や請求書を読む人間だけが近視になる。野生の動物が頭痛に悩むだろうか。シソとミョウガと納豆（これらはほんらい食品ではない）を食べる人間だけが頭痛に苦しむのだ」と主張して、歯を磨く、学術書や請求書を読む、シソとミョウガと納豆を食べる、といった行為をやめるよう提唱するところだ。

自然主義の原理の問題点は、何をもって「自然のまま」とするのか、ということが必ずしも明らかでない、という点にある。たいていの場合、「自然な状態」とされているものはきわめて不自然である。たとえばヨガなどの健康法では、甘いものや肉類を食べない、逆立ちのように野生の動物なら絶対にしないような無理なポーズをとる、呼吸数を減らし、興奮しない精神状態を保つ、などが「自然な状態」とされているが、これが「自然」といえるだろうか。

自然主義の原理にもとづいて近視の治し方を説いた本を昔読んだことがあるが、それには、目を自然な状態に戻すことが必要で、そのためには目の周辺の筋肉を休め、平静な心を保ち、テレビなどを観ないようにする、ミステリなど心を動揺させる読書も避けるように、といった注意が書かれていた。これを読んだわたしは心の動揺を抑えることができなかった。テレビも観ることができず、ミステリ、冒険ものなどハラハラドキドキの本も映画もだめなら、何のために視力を矯正するのかわけが分からなくなるだろう。そういうものをはっきり見るために視力というものがあるのだ。面白いものを見たい、スリルを味わいたい、甘いものを食べたい、などは、生まれて間もない幼児でももっている自然な気持ちではないだろうか。

このように何が自然状態かは、それぞれの都合で勝手に決められている。「自然こそ健康」という原理が広く利用されているのは、このためである。

★鍛練の原理

これは「身体を鍛えると強くなる」、「身体を甘やかすのは健康によくない」という原理である。昔はよく、「麦踏みをして麦を鍛えないと強い麦が育たない」といわれたものである。贅沢《ぜいたく》になれたために貧乏な生活に耐えられなくなった、コーヒーに砂糖を入れすぎて取り返しがつかなくなった、子供や妻などを甘やかしたために手がつけられなくなった、などという経験はありふれたものであり、これが自然界を支配する原理だと素直に実感されるのである。

鍛えれば強くなる、という原理はワクチンにも応用されている。ワクチンは弱めた病原菌を体内に入れることによって、耐性をつくるものである。実際、昔、ある皇帝は毒殺されることを恐れ、少しずつ毒を飲んで抵抗力をつけようとしていたらしい。かれはローマ人に捕《ほ》虜《りょ》にされそうになり、服毒自殺をはかったが死にきれず、刀で自殺したという。これを見ても、この原理が有効であることが理解されるだろう。刀に対しても耐性をつけておけば死ななかったところだ。これを応用して、毎日少しずつ毒を飲み、首をつり、刀で斬り、バイキンを摂取すれば、不死身の身体になるのも夢ではない。

しかしこの原理に疑いの目をむける人もいる。

「タバコによって肺を鍛え、暴飲暴食によって胃腸と肝臓を鍛え、ストレスによって神経を鍛え、競馬や麻雀でドキドキすることによって循環器を鍛えてはどうしていけないのか。また自律神経を活性化する方法として熱い湯と冷たい水を交互に浴びるという方法があるが、その一方で、冷房によって外気温と内気温の差が大きくなると自律神経障害などの原因になる、と言われている。これも矛盾《むじゅん》しているではないか。強い冷房で鍛えないと、熱帯から北極に通勤しなくてはならない時など、どう対処できるのか」

この理屈は、一見正しいように見えるかもしれないが、「弱めた毒」を使わなくてはならない、という点を忘れている。病み上がりの人がいきなりフルマラソンに挑戦して身体にいいわけがない。身体を鍛えるのは、「徐々に」ということが必要である。タバコの本数を一本増やすにも一年くらいかけて、徐々に身体をならしていかなくてはならない。そうすれば百年後にはご飯を一日百杯食べ、タバコを一日百本吸っても平気、肺ガンになっても平気になることも不可能ではない。

★〈病は気から〉の原理

この原理はかつては主として民間健康法が唱《とな》えていたが、最近ではむしろ正規の医学が強調している。それを物語るのが「ストレス」という考え方である。ストレス学説は、ストレス博士によって提唱された。一八七九年三月五日午後三時のことである（編集部注・正しくはセリエが一九三六年に唱えた）（著者注・もっと正しくはその前にストレス博士が唱えている。わたしが正しい証拠に編集部は日時までは挙げられまい）。以下は当時のインタビューである。


「一種の緊張のようなものがたまるのだ」

「緊張はたまるものですか」

「貯金はたまるだろう。借金でさえたまるのだ」

「でもくつろぎや頭痛はたまらないのではないですか」

「君はケチをつけたいのか」

「いえ、決してそんなつもりでは……。ただ、ストレスがたまる、ということのイメージがつかみたかっただけです」

「それならいい。ちょうど垢《あか》やゴミやフケがたまるようなものだと思ってもらえればよい。

注意しておくが、これはわかりやすくするための非常に不正確な言い方で、本当なら学術用語で厳密に言わなくてはならないところだ。とにかく借金がたまって倒産するように、ストレスがたまると病気になる」

「どれくらいストレスがたまったか、調べる方法はあるんですか」

「いや、客観的に測定することはできない」

「医者が患者のストレスを減らすことはできるんですか」

「それはできない。各自がストレスを減らすように気をつける以外にない」

「どうすればよいのですか。のんびりしていればよいのですか」

「むりやりのんびりしすぎてもストレスはたまる。ちょうど動物園にいて餌《えさ》を獲らなくてもよくなったために異常になってしまう動物のように」

「鼻歌でも歌いながら楽しく歩いている状態ならどうですか」

「その時でも自分の歌に耐えられず、ストレスになることがある」

「じゃあどうすればいいんですか」

「結局、ストレスのことを気にしないで普通に生活することかな。ストレスを気にするのもストレスの原因になるから」

「そうすると結局、ストレスは測れない、減らすこともできない、気にしてはいけない、ということですね。それだったら、ストレスがあるとか、たまるとかいっても、意味がないんじゃありませんか」

「失礼なことをいうやつだな。医学界に大きく貢献することがわからないのか。第一、病気の原因が分らないとき、ストレスのためだといえるじゃないか。これまで原因不明だった病気の原因をつきとめた、といってもいい」

「でもそれだったら、〈原因不明〉を〈ストレスのため〉と言い換えただけじゃありませんか。ほかにどんなメリットがあるんですか」

「だから、ストレスを気にしないで暮してほしい、といえるだろうが」

「それならはじめからストレス学説を出さなければいいんじゃありませんか」

「もういいっ！　これ以上ケチをつけるのは許さん。すっかりストレスがたまってしまったじゃないか」

「貴重なお話、ありがとうございました」

ストレスがたまりやすいのは責任感の強いタイプらしい。わたしが無責任に見えるとしたら、ストレスを避けているためだ。

★因果の原理

病気の原因をつきとめ、これを除去すれば健康になる、という考えかたは、病原菌を除去する、病気の原因とされる身体の歪《ゆが》みをとるなど、広くいきわたっている。ただ、これも万能ではない。のどに魚の骨が引っかかったのが原因で痛みが生じている場合なら、骨を除去すれば結果も除かれるが、タバコを吸ったのが原因で肺ガンになった場合、禁煙してもガンはなくならない。また、「生きているから病気になるのだ」と考えれば、生きているという原因を除去しなければならなくなる。「原因」の概念は哲学的には問題が多いのである。

★取り引きの原理

おそらく実際のところは、どうすれば健康になれるかだれにも分っていないのではあるまいか。ただ、どうしたらよいか分からない場合、とりあえずなにかがまんをしてみる、という原始的本能がある。つまり、なにか（商品、愛など）を手に入れたいと思ったら、なんらかの代価を支払わなくてはならない、という商行為の基礎になっている原理が想定されるのだ。健康も、ただで都合よく手に入るはずがなく、お百度参り、賽銭《さいせん》、いけにえなどとひきかえに手に入るものとされ、良薬は口に苦くなくてはならない。このような心理に支えられて、ダイエット、体操、歯磨き、早寝早起きのような苦行が習慣化したのではなかろうか。

実際、健康によいとされる食べ物は、どれもこれも選んだように不味《まず》いものばかりである。もちろん、それが好物だという人もいるだろうが、そういう人のために「これらの物は食べ過ぎてもいけない」という但し書きがたいていついている。

わたしの家の家庭料理を食べている限り、不味いという点でも、たくさんは食べられないという点でも、心配はないが、しかしあまり苦しい生活を続けるのもストレスなどがたまって健康に悪いのだから、この原理もあてにならない。

＊　＊　＊

これらの原理は、それぞれ問題を抱えている上、何の根拠ももっていない。本来、原理というものは、「点とは広がりをもたず位置だけをもつものである」という幾何学の一原理のように、絶対不可疑でなくてはならない。危うい原理を基にした健康法に頼ろうとするのは愚かのきわみである。ちょっと考えればそんなことは分かりそうなものであるのに、健康法を金科玉条のようにありがたがる人がいるのが、不可解でならない。

どんな健康法もあてにならないことは、あらゆる健康法を信じては裏切られてきたわたしの経験からも断言できる。現に、本稿を書いている今も腹の脂肪をとるという「指テープ」法を信じて指にテープを巻いているが、三日たつのにまだ効き目は現れていないのである。

第四章

働く女性の意識調査

【目的】

近年、女性が大量に社会進出しているが、女性差別をはじめ、多くの問題が山積しているのが実状である。この現実の中で女性として働くということはどんな意味をもっているのだろうか。客観的、実証的にこの問題について調査し、あわせて筆者の業績を増やす一助としたい。

【方法】

日本全国から無作為に選んだ一五八〇名に対しアンケート用紙を送付し、回収したものを分析した。回収率は七三パーセントで、異例の高さである。これは「このアンケートに回答していただいた方にはもれなく金の延べ棒またはボールペンをさし上げます。回答していただけない場合には、不幸になることがあります」と書いたためかもしれない。

アンケートでは最初に次のように質問した。

◇あなたは女ですか　(はい　いいえ　どちらともいえない)

◇働いていますか　(はい　いいえ　どちらともいえない)

◇この質問の文字が読めますか　(はい　いいえ　どちらともいえない)

これらの質問にすべて「はい」と答えた者四七名を標本とした。それ以外の者の回答は古新聞と一緒に廃棄した。一五八〇名中四七名という数字は少ないように思われるかもしれないが、前回の一八七〇名中三名よりはよい数字である。前回の場合、アンケート内容を分析する前に、標本をまず「名前が数字で終わる者」に限定したのに対し、今回は「名前に数字を含む者」と、限定の仕方を改めたのが好結果につながったのかもしれない。

こうして得られた標本四七名の内訳を調査したところ、全員が働く女性であった。未婚者は二七名、既婚者（離婚者も含む）九名であった。残り一一名の内訳は、離婚係争中一名、本人にもよく分からない（「戸籍を調べてみないと正確なことは言えない。だれかが勝手に変えているかもしれないから」と回答）が一名、誤って猿が混じっていた一名、残りの八名は計算間違いであった。

以下に示す結果において、小数点以下の処理については四捨五入法の不備（H・ボルツマン「四捨五入法の諸問題」、一九九三）を考慮し、ラマーズ法を用いた。このため、たとえば「三・五」は場合に応じて「三」になることも「八」になることもある。

なおゲーデルの定理による不確定な部分は無視してある。データに疑問がある場合にそなえて念の為二乗した。それでも不安なときは、階乗をとった上、円周率で割ってある。また、結果が信じがたいときは、話半分として、二分の一にした。質問には関係のないものも故意に入れてある。

なお、とくに断わらない場合は、予《あらかじ》め作っておいた選択肢の中から選ぶという選択回答方式を用いている。「自由回答」と記してあるものは、記述による回答方式である。自由回答についても同種の回答を集めてパーセントで表した。なお、回答方式にかかわらず、合計一〇〇パーセントにならない項目もあるが、これは集計後、数字を調整したためである。

【結果】

主な質問項目と回答を次に示す。

◇あなたは働くのが好きですか

はい（四八％）　いいえ（三八％）　どちらでもない（一四％）

◇働くのが好きと答えた人に聞きます。奴隷のように激しい労働をしたいですか

はい（〇％）　いいえ（九九％）　わからない（一％）

◇次にあげるもののうちから労働よりも嫌いなものを選んでください

おしゃべり（〇％）　旅行（〇％）　外食（〇％）　デート（〇％）　ショッピング（〇％）　人命救助（二％）　ノーベル賞級の発見をする（〇％）　睡眠（一％）

以上の結果は、女性が働くことを求めているという常識をくつがえすものである。「働くのが好き」と答えた者も、調べてみると純粋に労働を追求することを希望する者は皆無である。通常の行為と比べても、労働の方が好き、というケースはほとんどない。働く女性は、よほどの事情があって無理に働いているものと推定される。

今の仕事を楽しんでいるかどうかを過去のデータと比較してみると興味深い。今回の調査

では、

◇今の仕事を楽しんでいますか

はい（一〇％）　いいえ（八〇％）　どちらともいえない（一〇％）

という結果であった。この数字は二十年前とまったく同じであるが、これは、長期的には仕事を楽しむ態度が増大しつつあることを示している。なぜこれが数字に現われなかったのかは今後の研究課題である。

仕事に対する執着度はどうだろうか。

◇今の仕事を一生続けるつもりですか。次の中から選んで下さい

続ける（六％）　続けるつもりはない（一四％）　「一生」といっても百歳以上生きるかもしれないし、明日死ぬかもしれないのだから、寿命によりけりだ（八〇％）

◇自分の希望通りに転職できるとしたら、転職したいですか

はい（八九％）　いいえ（八％）　わからない（三％）

このように、ほとんどは現在の職に未練はもっていないが、寿命にはこだわっている。

さらに、無作為に選んだ職種のうちから、希望する転職先を選んでもらった。

◇今後転職するとしたら、どんな職業につきたいですか。次の中から選んで下さい

新薬の実験台（〇％）　債権取り立て屋（一％）　麻薬ブローカー（三％）　トビ職（一％）　南極越冬隊員（三％）　相撲取り（〇％）　その他（九四％）

この結果から、転職先については非常に特殊な希望をもっていることがわかる。

収入については、尊大としかいえない要求をもっている。

◇希望する月収を選んで下さい

一万円（〇％）　一万二千円（〇％）　一億円（九九％）　わからない（一％）

職場での待遇については次のような結果が出た。

◇あなたの能力は正しく評価されていますか

はい（四％）　いいえ（八五％）　わからない（一一％）

◇あなたの能力を正しく評価してほしいですか。五分以上考えてから答えて下さい

はい（九％）　いいえ（八九％）　わからない（二％）

この結果が示すように、ほとんどの回答者は自分の能力が正しく評価されては困る、と考えている。

仕事に対する満足度を内容的により詳しく書いてもらった。

◇仕事の上で不満な点は何ですか（自由回答）

差別されている（四六％）　休暇が少ない（三八％）　制服が気に入らない（七％）

いい男がいない（五％）　働かなくてはいけない（二％）　夏の夕暮れの倦怠感がない

（一％）「仕事」の概念があいまいだ（一％）

◇仕事をしていて充実感を感じるときは（自由回答）

仕事が完成したとき（五四％）　休憩時間（一三％）　気持ちよく居眠りできたとき（一三％）　早弁したとき（八％）　春風薫り、皆の話し声が潮騒のような響きをもつとき（一％）　質問があいまいすぎて答えられない（一％）

◇職場に何を求めますか（自由回答）

和気あいあいとした人間関係（五六％）　明るい雰囲気（三五％）　高い給料（二％）　プール（一％）　休暇（一％）　仕事の免除（一％）　夕立の後のさわやかさ（一％）　質問があいまいすぎて答えられない（一％）

これらの自由回答をみると、過度に詩的な者と過度に思弁的な者がいることがわかる。

次は、職場で多くの女性が遭遇する問題についての結果である。

◇セクハラを受けた経験はありますか

ある（七五％）　ない（一〇％）　わからない（一五％）

「わからない」が一五％もあるのは、どこからどこまでが「セクハラ」かが明確ではないためであろう。もっと不明確な例をあげると、

◇アルジャバガンナを受けた経験はありますか

ある（一％）　ない（〇％）　わからない（九九％）

「ある」と答えた人に「アルジャバガンナ」の意味を教えてもらいたいものである。

ただ、ある種の質問に対しては、わからないという回答が圧倒的に多いことがある。たと

えば次のような質問がそうである。

◇民事訴訟法第二五条第三項を存続させるべきでしょうか。「はい」または「いいえ」と答える人は理由もあげてください

はい（〇％）　いいえ（〇％）　わからない（一〇〇％）

◇いわゆる命題的態度については、フレーゲ以来多くの考え方が提唱されてきました。とくに外延性を貫こうとする立場では大きい問題になり、フレーゲやクリプキはこれに関してパズルを発表しています。その一方、世界内存在を現存在の構造とみるハイデガーの立場では、現存在の存在の意味を時間性と解釈し、疎外された精神としての自然の概念とするどく対立しており、超越論的還元によっても弁証法的止揚によっても修復の見込みはありません。この状況についてあなたの意見を述べて下さい（自由回答）

みんな頭がおかしい（一％）　フレーゲが悪い（一％）　わからない（九八％）

このように「わからない」が圧倒的に多い現象は考えさせられる。なぜはっきりした意見がいえないのか、原因の究明がまたれるところである。

◇どうすればセクハラがなくなると思いますか（自由回答）

男がいなくなればよい（七六％）　女が男になる、または男が女になる（一八％）　女の武器使用を法的に認める（四％）　春雨のように切々たる乙女の祈りによって（一％）

「セクハラ」の意味を「丸い四角」に変更すればセクハラはどこにもなくなる

（一％）

セクハラの問題は真剣に考えられているためか、いずれも傾聴すべき意見ばかりである。

◇女性に化粧を義務づけている職場がありますが、それをどう思いますか（自由回答）

義務づけるべきではない（五四％）化粧品代を支給すべきだ（二五％）素顔を義務づけるよりはよい（一四％）男にも化粧を義務づけるべきだ（一〇％）化粧は他人の目にかぶせるフィルター（一％）化粧を義務づけることを義務づけるべきだ（一％）

このような問題を抱えた彼女たちの気晴らしをたずねたところ、圧倒的に多くの者が「その他」に気晴らしを求めていた。

◇気分転換に何をしていますか

相撲（〇％）爬虫類の研究（〇％）道路工事（〇％）詩作（一％）哲学（一％）その他（九八％）

家族構成をたずねてみると、複雑な家庭環境に育った者が大半を占める（八七％）ことが判明した。両親が離婚もせず二人揃《そろ》っているというだけで複雑なのに、その上、兄弟がいる、犬を飼っている、飼っている犬が子犬を生んだなど、きわめて錯綜した家庭の者もいる。私的な人間関係などを質問してみた。

◇恋人または夫との関係は

男性主導（三％）　対等（七〇％）　女性主導（三〇％）

この数字は、二十年前の調査のときの数値（男性主導九〇％、対等七％）と比べると劇的に変化している。これは、男性が過度に謙虚になったことを示すものである。同時に、働く女性が心の底では男性主導を待望していることが読み取れる。

働く女性の男性観も知りたいところである。

◇男の特徴的な性質をあげて下さい

粗暴（三五％）　単純（三二％）　非現実的（二五％）　哲学に興味をもつ（八％）

非哲学的（六％）　男性的（六％）　女性的（五％）　暴風雨にうたれている樫の木のよう（一％）　「男か？」ときかれて「そうだ」と答える（一％）

◇男が愚かだということが分かったのはいくつのときですか

〇〜五歳（五四％）　六〜一二歳（四六％）　一三〜一八歳（〇％）　一九歳以上（〇％）

この結果が示しているように、ほぼ半数がおくてである。

◇男を頼もしいと思いますか

はい（五％）　いいえ（九四％）　どちらともいえない（一％）

この数字を二十年前の調査時の数字（「はい」八〇％）と比べてみると、大きく違っている。わずか二十年の間に「頼もしい」ということばの意味が劇的に変化したのである。

◇家事はだれが受け持っていますか
　親（三五％）　夫（三二％）　自分（三五％）　子供（五％）　ロボット（一％）　隣人（一％）
　この結果のうち、個人的には「ロボット」と「隣人」という回答にものすごく興味がある。
◇（今度）生むとしたら欲しいのは
　女の子（二九％）　男の子（一八％）　子犬（三％）　パンダ（一％）　お金（四九％）
　この質問はねらいがあいまいだったかもしれない。
　最後に次の二つを質問した。
◇あなたは正直に答えていますか
　はい（六三％）　いいえ（三〇％）　わからない（一七％）
　いずれの回答も、理解に苦しむものばかりである。「はい」と答えた者の中にも嘘《うそ》つきが混じっている可能性があるし、「いいえ」や「わからない」と回答した者は何を考えているのか。こんな質問をしなければよかった。
◇このアンケートのお礼に金の延べ棒またはボールペンを進呈する、というのが嘘だったらどうしますか

「一本とられた」といって明るく笑う（〇％）　協力できたことに感謝する（〇％）

逆にボールペンを寄付する（〇％）　無回答（一〇〇％）

無回答一〇〇％というのが無気味である。

【結論】

以上に示した結果の他に、さらにいくつかの質問項目について重回帰分析をした結果、所得の高い女性ほど犬を欲しがるということ、また所得が低いほど生活が苦しいという結果がえられた。ただし犬の種類と所得には有意な相関はみられなかった。

この調査をまとめるにあたり、期待通りの結果を出すために基礎データを一部調整する必要があった。やはり回答者の本心を引き出せていないのであろう。本心を引き出すためのアンケート方法を開発することが今後の課題である。アンケートをしないで調査結果を書くのも一法だろう。

第五章

男とは何か

女には男を見る目がない。とくにわたしを見る目が不当に厳しいように思う。男を見る目を養ってもらうためにも、もっと男性論が書かれる必要がある。男の単純さは、子供のときからはっきりしている（大人になってもはっきりしている）。女の子の場合、何を考えているのか簡単には分からない（大人になったらもっと分からない）。たとえば女の子が洋服をほしいと思ったとしよう。そのとき女の子が考えていることを非常に単純化すると、おそらく次のようになるだろう。

「この洋服がほしいが、現在の家計の状態はどうなっているのだろうか。父親は機嫌のいいときに頼めば簡単に承諾してくれるからいいが、問題は母親だ。この前靴を買ってもらったばかりだから反対するかもしれない。母親自身もバッグを欲しがっていて、いい出すタイミングを見計らっているから共同戦線を組むべきかもしれない。弟のことは無視してかまわないが、妹が人形を欲しがっているのはどの程度考慮すべきか。もし自分の希望が認められなかったらどんな態度に出たらよいか」

これに対し、男の子の考えていることは目を覆《おお》いたくなるほど単純である。どんなに複雑化しても、「ぼく、これがほしいっ！」以上のことは何も考えていないのだ。

しかし、この単純さが大人になって変わるはずがない、と思ったら大間違いである。男は成長するにつれて、自我に目覚め、性に目覚め、社会に目覚め、目覚まし時計の音に目覚めるなど、さまざまなものに目覚める過程をへた結果、単純な下地の上に複雑な性格を形成した、と思い込むようになる。これをできるだけ客観的に記述するのが本稿の目的である。

もちろん一口に男といっても、例外もあるだろう。男の中には、男というよりは、むしろパグ犬や仏像に近い者もいるのだ。そういう人はこれから書くことに「例外を除けば」という句が省略されているものとして読んでいただきたい。

それでもなお、「自分は違う、どうしても納得できない」と思う人は、自分が男であることをもう一度確認した上で、遠慮なく反論の手紙（裏が白い便箋《びんせん》を使って）をお送りいただきたい。編集部にメモ用紙が不足しているのだ。

1

男は、女と比べ、考えることが深遠である。ジョークにもなっているように男は人類の将来とか、政治のあり方、プロ野球の試合での監督采配の評価、野球選手のバッティング不振の原因などを、一家を代表して憂慮し、検討し、対策を考える。場合によっては、ＵＦＯが存在するか、神は存在するか、などという問題に取り組むこともある。女ははるかに卑俗なこと、家族の金の使い方、自分の子供の教育の方針、夫の行動の仕方について、決定を下し、実行し、実行させる。

このような分担体制を見ても、男が有史以来守ってきた誇りの高さというものが分かるであろう。男女の違いをさらに明確に示すのは、雑誌に掲載される記事である。

女性雑誌で取り上げるのは、旅行、ファッション、化粧、ヘアースタイル、料理、ダイエット、おいしい店、占いなどである。これらは実践的で、曖昧《あいまい》な思弁が入り込む余地がない。

これと対照的に、男性誌が取り上げるのは、女の裸、自動車、スポーツ、政治、社会現象などである（男性用ファッション雑誌もあるが、これは判断力が十分に発達していない男のためのものである。論旨の都合からいっても、男性用ファッション雑誌は無視する必要がある）。これらはどれも実用性や損得を度外視した純粋な探求の世界である。ロマンといってもいい。

だが、男のロマンを見る女の目は冷ややかである。まさに「燕雀《えんじゃく》いずくんぞ鴻鵠《こうこく》の志を知らんや」（つばめや雀《すずめ》はどこにいくのだろうか、「鴻鵠」という国の「志」という人物のことを知らないのだろうか）、という状況である。

雑誌を見るかぎり、異性に対する関心は男女ともに高いが、関心の持ち方に違いがある。

女はどうすれば男を獲得できるか、どうすれば効果的に操れるかということを、多くの誌面をさいて、実践的、方法論的に研究している。その間、男は女体の美しさをひたすら審美的に鑑賞しているのである。これで男が女の優位に立てるはずがない。実際、大半の男は、何が起こったか分からないまま結婚し、これといって思い当たるフシもないのにいつの間にか不自由な生活を強いられているのだ。

ただ、女がいくら研究しているからといって、男を理解してくれるだろうと期待するのは誤りである。女が知っているのは、男を操るのに最低必要な習性にすぎず、男の内面を理解することには関心がない（その気になれば男を理解することほど簡単なことはないのだが）。魚を釣るのには魚の習性をいくつか知れば十分で、魚の内面まで理解する必要はないのだ。

2

男女の違いをさらに決定的に示すのは、悩み方の違いである。女はたとえば「好きな人がいるのですが、告白すべきでしょうか」といった質問を人生相談のコーナーによせることがあるが、これは、告白した場合の得失、その後の対応の仕方をたずねるものである。また、

「足が短いのですがどうしたらよいでしょうか」という質問は、きわめて明確に、服装や髪型や靴の選び方などについてのアドバイスを求めている。これらの質問に対する回答をみても、あいまいなところは微塵《みじん》もない。

男の悩みはこれと対照的である。「足が短くて女にもてないんですが、どうしたらよいでしょうか」という相談があるが、これは、女の質問とは求めているものが根本的に異なり、一夜明けてみたら急に身長が伸び、もてまくるようになっている、という奇跡を起こす方法を求めているのだ。現実に何を求めているのか、本人にも分かっていないのである。

女の質問には、専門家が明快な答えを出すことができる。しかし男の質問に対しては、明快な答えといってもせいぜい、「幸運をもたらすネックレスを買いなさい」とか、「先祖を供養しなさい」といった程度で、精神論でお茶をにごすくらいしかない。男の悩みは精神的、観念的である。解きようもない問題に悩むという点では、哲学的といってもいい。女の嘲笑を買っているという点でも、世間の嘲笑を買っている哲学者に似ている。

3

それにしても男はどうしてこのような悩み方をするのだろうか。一つには、女と違って、足の短さを服装などでカバーするという解決策を、「たんなるごまかしだ」と考えて拒否するからである。それに女にもてず、足が短いのも一因である。

男は見せかけだけを取り繕《つくろ》うのを潔《いさぎよ》しとしない。内面も取り繕う必要があると考えているのだ。虚勢をはる、空威張りする、知ったかぶりをする、強がる、など、内面を取り繕おうとする態度は男特有のものである。もちろん、このように取り繕っても、女の目にはすべて見通されており、ひそかに物笑いの種にされているのはたしかである。しかし、男は、服装や化粧で外見さえごまかせばいい、という浅薄《せんぱく》な態度には我慢できないのだ。

男も見せかけを取り繕うことはある（といっても、白髪を染める、ハゲを隠す、シークレット・ブーツをはく、といった程度である）。また、「取り繕う」とまでいわなくても、服装などの外見をある程度気にすることも事実である。

しかしその裏に複雑な内面がある点が女と違う。多くの男は「外見に気を使いすぎる男」

と見られることを潔しとしない（「潔しとしない」ことが多いのも男の特徴である）。女から「ただのダサイ男」と思われている男が、「おれはチャラチャラした服装をするような男とはわけが違う。中身で勝負する男なんだ」と、中身に自信もないまま、訴えているのである。

男は外見を軽蔑する結果、「見てくれにこだわっているように見られたくない」という意識と、「かっこよく見られたい」という欲求の妥協の産物として、結果的にダサくなる。単純にダサイのではなく、葛藤《かっとう》の果てにダサくなっているのだ。もしそんな男がこのような葛藤なしに、本気で自分のファッションセンスに従って服装に力をいれたら、十中八九、さらにダサくなってしまうであろう。

このように男は「たんなる見せかけ」を軽蔑する。しかし女に対しては、外見にとらわれて、内面にまでは目がとどかない。いくら内面的葛藤を抱えていても、男の本質は単純なのだ。

このことは男女の語彙《ごい》の差にも現れている。女の語彙は少ない。「すてき」、「いやらしい」など、主観的感想を四段階くらいで表現するための語彙に限られている。一方、男の語彙は、さらに少なく、「許せる」と「許せない」しかない。他のことばも使いはするが、それらはすべてこの二つの単語の同義語である。

男が女を選ぶ基準も非常に単純である。女が男を選ぶときのように複雑な条件をつけたりしない。たいていは容貌と性格をもとにして選ぶが、そういっても実際は簡単である。容貌のランクは①許せる、②ただちに許せるとはいえない、の二段階しかない。性格も①許せる、のみの一段階評価である。

「許せる」に分類されるのは、通常、女性のほぼ八割である。なお、「ただちに許せるとはいえない」に分類されている女でも、状況次第で（適当な女が近くに見当たらない、他の女に相手にされないなど）、簡単に「許せる」に入れられる。

4

同性に対する態度にも顕著な違いがある。女が関心を向けるのは主として自分である。そもそも他人のことが女の眼中に入っているのかどうかさえ、疑問である。女が中年になって女の本質を開花させたとき、傍若無人な行動で他人に迷惑をかけるのをみても、女がいかに他人に無関心であるかが分かる。

それに対して、男は他人のことに無関心ではいられない。暴走族でさえ、他人のことを十分意識した上で、意図的に迷惑をかけているのだ。

男が同性に対してとる態度は、①仲間とみるか、②敵とみるか、の両極端しかない。オス犬同士がはじめて道ですれ違ったときの反応と同じく、初対面の男に対しては、とりあえずケンカ腰で臨むのが普通である。

初対面の相手に対して最初にすることは、相手の弱点を探すことである。たいていの場合、相手の弱点は簡単に判明する。たとえば、（相手は自分より）身体が小さい、身体だけ大きい、頭が悪い、小賢《こざか》しい、軽薄だ、もったいぶっている、年下だ、年上だ、など、探せばいくらでも弱点を見つけることができる。当然、相手も同じようにこちらの弱点を見つけるため、互いに軽蔑しあって友好的な関係は生じない。

仲間に対するときは、態度はまったく違ってくる。仲間とは同じ集団に属する者のことである。男はほとんどの場合、単独でいることはなく、相互扶助を目的とする団体を作り、これに所属している。男が三人集まれば団体が四つできる。大きい組織の中ではすぐに派閥を作るし、スポーツ・芸能界でも、石原軍団、ジャンボ軍団、たけし軍団などの軍団が存在している。暴力団や暴走族も団体を結成している。

男の作る集団は結束が固く、その中にいる男の忠誠心は強固である。男たちは、どこのだれが決めたか分からないようなルールには従おうとしない代わりに、集団内のルールは身を挺《てい》してでも守ろうとする。だからどんな無法者でも、集団の内部では、礼儀正しく、紳士的である。もう少し集団の枠を拡大して、人類全体を集団だとみなしてくれれば、この世の多くの問題は解決するところだ。

このように男は集団への帰属意識（あるいは依存意識）が強いが、逆にその分だけ「孤独」が男にふさわしいイメージとなる。ひとたび男が集団を離れると、集団に属していたときの威勢のよさとは対照的に、哀れをさそうほどカヨワくなってしまうのだ。

女は孤独になることはできない。たんに、一人になることができるだけである。淋しげな、哀愁を感じさせる人間になることは女にはできない。というのも、女は堂々とした態度しか取れないからだ。

「敗残者」とか「落魄《らくはく》の」とか「尾羽打ち枯らした」といった表現は男のためにある。これらは、高邁《こうまい》な目標を掲げはするが、それを達成する力のない者だけが享受できる表現である。女ははじめから力の及ばない目標を掲げたりはしない。

動物界をみても、哀れを感じさせるのはオスである。鳥などのオスは、クジャクを筆頭に、派手な恰好をしているが、一説によると、これは、「こんなに目立つ恰好をしているのに、おれは生き延びている」と、メスに強さをアピールしているのだという。

これを基にして考えていくと、進化の過程では、たとえば、「おれはこんなに太っているのに生き延びている」とか「おれはこんなに足が短いのに生き延びている」と、肥満や短足を競い合った結果、敵から逃げ切れない体型になってしまい、生き延びられなかった無数のオスがいたに違いない。いまだに生き残っているオスがいるのが不思議なくらいだが、そのほとんどは何の長所ももっておらず、「おれは何も生き延びる長所がないのに、生き延びている」という自慢の仕方しかないようなオスなのだ。生き残っている方もアワレである。

5

男の孤独を癒《いや》してくれるのは女である（そして犬であり、本であり、テレビであり、音楽であり、友人であり、酒であり満腹である）。男にとって女は、楽しみと喜びの最大の源泉である。たしかに恐怖の源泉でもあるかもしれないが、怖いからといって敬遠するとはかぎらない。金を払ってホラー映画を観にいくこともあるのだ。

この世から女がいなくなったら、ほとんどの楽しみは失われ、人生は暗くなってしまうだろう。男だけで楽しめるものといえば、わずかに、ギャンブル、飲酒、スポーツ、テレビゲーム、囲碁、将棋、映画鑑賞、読書、音楽、文学、絵画、学問くらいなものになるだろう。しかも、これらは女がいなくてもできる、というだけではない。男の注意をそらす女がいなくなったら、男はこれらの活動に思う存分打ち込んでしまうであろう。

実際、女がいてこそ、夫婦喧嘩も成り立つし、男の小遣いをいくらにするかについて果てしない交渉をすることもできるのだ。

このように、女がいなかったら、楽しみというものは成り立たない（苦しみも成り立たない）。それればかりではない。女そのものが、複雑怪奇で見ているだけで楽しい。とくに遠くから見ているのが楽しい。

＊　＊　＊

考えてみると、男性論をくだくだと論じるのは、女にあざ笑われるだけの、みっともない行為である。男そのものが論じるに値いしないうえに、何かを論じるということがそもそも男らしくないのだ。男として最もかっこいいのは、女には真似のできない孤独な姿である。わたしは高倉健をイメージしながら男の孤独をかみしめてみた。しばらくそうしているうちに、身が引きしまるような緊張感が全身を走った。台所の棚を今日中に直すように妻に命じられていたのを思い出したのだ。

第六章

スポーツは有害である

大好きなおばあちゃん

だれもがうなずくことばだと思うが、「人生の前半は親によって台無しにされ、後半は子供によって台無しにされる」というのがある。わたしには子供がいないため、わたしの人生の後半は、幸い、妻と学生によって台無しにされるだけですんでいる。

しかしよく考えてみると、人生を台無しにするものは、これだけではなく、無数にあるように思える。現に、「あらゆるものが人生を台無しにする」といった人もいる（わたしである）。また、これに対する補足として、「とくに仕事が人生を台無しにする」とか、「しかし何といっても、一番人生を台無しにするものは、本人自身である」と付け加えた人もいる（わたしである）。

しかし、とくにわたしが共感をおぼえるのは、「スポーツは人生を台無しにする」ということばである（これもわたしのことばである）。第一、スポーツは役に立たない。哲学と同じくらい役に立たない。

その役に立たないことに、おびただしいエネルギーが日夜費やされている。マラソンや重量挙げなどに使われるエネルギーは膨大である。それがすべて無駄に消えているのだ。オリンピック種目に道路建設とかゴミ収集などが入っていれば、もっとエネルギーが有効に利用できるところだ。

役に立たないだけなら、まだいい。役に立たないものは、スポーツ以外にも、芸術、盲腸、人類など、数多いのだ。スポーツの場合は役に立たないだけでなく、駄目な人間を作る。駄目な人間から駄目な人間を作るのだ。

このような見方は、常識に真っ向から対立する。ちょうど、アインシュタインの理論が常識に対立するのと同じである。何といっても、常識では、スポーツは健全さの代名詞、とまではいかなくても、健全さの接続詞くらいにはみなされているのである。

しかし、健全なものがもてはやされるのは、非常に不健全な現象である。慧眼《けいがん》の士（わたしと同じ見方をする人）なら、見抜くであろうが。もしスポーツが本当に健全なものだったら、これほど人気を博することはなかっただろう。

スポーツにはさまざまな種類があり、①球技、②陸上競技、③フリスビー、④その他、などがあるが、基本的には、走ったり、ボールをもてあそんだりする、という単純な動作を競うものである。しかしネコでさえ、こんな単純なことに興味をもつのは子ネコのときだけである。ネコは大人になると、いくら丸めた紙を動かして釣ろうとしても、軽蔑《けいべつ》の表情を浮かべるだけで、興味を示さない。年とともにその馬鹿らしさに気づき、ひなたぼっこの方を選ぶようになるのだ（ネコは哲学には最初から見向きもしない）。

ネコが見向きもしないものにわれを忘れて一喜一憂するのを見ても、スポーツが愚かな行為であると断言することができる。わたしはさらに歩を進めて、スポーツが有害であると主張したい。

スポーツが身体に悪いことは、すでに一部有識者（わたしと近所の犬）の間では常識になっている（犬にわたしの意見を述べたところ、ワンとほえて賛意を示した）。スポーツをしなくても身体というものは悪くなるが、スポーツは悪くなった身体をさらに悪くするのだ。病人、とくに危篤の人によくないのはもちろんだが、手術直後の人、生まれたばかりの赤ん坊、眠っている人、人事不省に陥っている人にもスポーツはよくない。

たしかに、スイミングクラブにいくと老人が元気に泳いでいるのは事実である。しかしこれは、どんな若々しい人でも、何年も泳いでいると老人になってしまうからである。かれらは若く見えても七十歳になっていたりする。水泳を長年続けたために七十歳になってしまったのだ。

その人たちもいつかスイミングクラブに来なくなる日がくる。来なくなる原因は、ずっと来ていたことにある。はじめから来ていなかったら「来なくなる」ことはありえないのだ。

まだ身体ができていない青少年に対してもスポーツは悪影響を与える。よく使う筋肉だけが異常に発達し、心臓が肥大化し、脳が退化する。スポーツをしすぎた身体は脂肪が失われて、脂をそぎ落とされたマグロのように、とても食べられたものではない。

世間一般には、スポーツマンは絶大な人気を誇っているが、わたしにはこれが不可解でならない。スポーツマンというと、日焼けした肌に真っ白に輝く歯、こせこせしたところのない、さっぱりした性格、決断力に富む明朗快活な好青年というイメージが出来上がっている。これだけですでに十分感じが悪い。スポーツマンが美女と結婚するのを見ると、ますます感じは悪くなる。

スポーツは健全な心をもった青少年を育成する、といわれているが、これもうなずけない。スポーツはむしろ不健全で卑劣な人間を作る。どんなスポーツでもいいから、見てみるといい。フェア・プレイとか、スポーツマン精神のかけらも見られないのが現実なのだ。

たとえばテニスやバレーボールなどでは、わざと相手の打ちにくいところを狙《ねら》って打ち込んだり、フェイントをかけたりしているが、それのどこがフェアなのか。どんな汚い手を使ってでも勝とうとする卑しい根性丸出しではないか。

高校野球では、「正々堂々と闘います」と宣誓するが、それなら、盗塁、バント、敬遠、隠し球などするな。ピッチャーもストレートの打ちやすいのをど真ん中に投げろ、といいたい。相手の虚をついたり、人の目を盗んで進塁するなど、これでは、人の弱点につけいり、人が見ていないときは何をしてもいい、という精神を養っているのではないか。

このようにフェア・プレイの精神やスポーツマン精神は、実際のスポーツには存在せず、汚いプレイばかりなのだ。そこまでして勝ちたいのか、と思う。スポーツ界の人間はみな、勝負の亡者になっているのではないか。テニスでも卓球でも、相手の虚をつくような卑劣な真似をやめて、相手の打ちやすいところに球を返し、正々堂々と負けるようであってほしい。争うなら勝ちを争うのでなく、高尚さを争うようでありたい。自分の利益を度外視してプレイし、ここぞというときにわざとミスするなどして、いっそのこと負けを競うようになりたいものだ。

むかしウィンブルドンかどこかのテニスの試合で、相手が転倒したとき、わざと打ちやすいところにボールを返した日本人選手がいて賞賛されたという。これなど、この一球で人々に感動を与えたのだ。そのゲームに勝つよりもはるかに価値がある行為である。スポーツはすべてこうでなくてはならない。わたしも、もしウィンブルドンの試合で対戦相手が転んだら、打ちやすい球を返すつもりである。

口でいうのは簡単だが、このようなフェア・プレイを実際にやるのは簡単ではない。わたしがウィンブルドンに出場できるかどうか、運よく相手の球を打ち返せるかどうか、それに相手がタイミングよく転んでくれるかどうかなど、乗り越えなければならない問題がある。しかしこれも、ウィンブルドンのどこかでテニスコートを借りて（いよいよとなったら道路でもよい）、適当な相手（たぶん小学生になるだろう）を探し、何回かリハーサルをすれば何とかなるのではないかと思う。

この美談でわたしが感心するのは、打ちやすい球を返した、という点ではない。そんなことなら、わたしがこれまで卓球やテニスなどでずっと実践してきたことだ。相手が転んでいないときでさえ、わたしは相手の打ちやすいところに球を返してきた（球を返さなかったこともある)。そのために、わたしは試合に負け続けてきたが、だれもわたしを賞賛することはなかった。フェア・プレイ精神の理解者が周りにいなかったのがくやしくてならない。

その美談の日本人選手についてわたしが感心するのは、そのようなフェア・プレイの精神をもちながら、どうやったか知らないが、よくウィンブルドンまで勝ち進んだ、ということである。ちょうど法を守りつつ万引きをするような離れ業《わざ》だと思う。

スポーツに紳士的態度を要求するという点では、日本は欧米にははるかに遅れている。先日も新聞に載っていたが、アメリカの大リーグでは、大量リードしているチームが送りバントや盗塁をすると、乱闘騒ぎになることがあるらしい。死者にむちうつ行為だというのだ。このように、アメリカには、まだ紳士的な態度を尊ぶところがある。ただ、このような紳士的でない行為をしたら乱闘になる、というところが惜しまれる。

日本のプロ野球には、例外的にフェア・プレイの精神を貫こうとしているチームがある。巨人がそうだ。巨人の投手は、一目でボールと分かる球か、相手の打ちやすい球を投げるように努力している。とくにピンチになるとそうだ。その証拠に、相手チームはいいところで不必要なまでに点を取る(相手チームの点はすべて不必要だ)。

巨人の投手とは対照的に、相手チームの投手は、とても打てないような汚い球を遠慮なく投げてくる。たまに間違って打ちやすいコースに投げることもあるが、ここぞというときには巨人の打者は必ず、まともに打たないように努力している。その証拠に巨人はいいところで点を取らない。

巨人は「常勝巨人軍」をうたいながら、一方で、「紳士たれ」というモットーを掲げているが、最近の巨人は幸いなことに、「常勝」の下品さに対する反省の上に立って、「紳士たれ」を優先しているように思う。勝つことだけを目指している他チームとは、志が違うのだ。だからたとえ巨人が最下位になったとしても、そんなことは重要ではない。紳士たりえたか、ということだけが問題なのだ。勝つことのみを求めていながら最下位になる阪神のようなチームとは、品性が違う。

巨人にとって不幸なのは、このようなことを理解するファンがおらず、当の巨人の監督、選手の中にさえこのことを自覚しているものがいないことである。

このような憂うべき現状を見ても、プロ野球をはじめとするスポーツ界のひどさが分かるであろう。スポーツ界で紳士を貫こうとしても、だれにも理解されず、それどころか本人さえ理解していない状態になっているのだ。正直いって、こんなプロ野球界には、わたしは失望を禁じえない。だからたとえドラフト一位で指名されても、わたしはプロ野球選手になるつもりはない。わたしだってプロ野球の選手を相手にして、絶対に打たれず、キャッチャーにも捕れない球を投げることができる（ワイルド・ピッチといわれるかもしれないが）し、打撃に関しては、絶対に凡打をしない（ファウルもヒットも打たない）自信がある。

「参加することに意義がある」をうたい文句にしているオリンピックにしてもそうだ。各国は金メダル争いに狂奔し、勝者だけが脚光をあびている。参加するだけでは賞賛されないのだ。ここでも、オリンピック精神の代わりに、勝利への執着と功名心が幅をきかせている。よく日本選手が重圧に負けて力を発揮できなかった、といわれるが、これも、勝負への執着が強すぎるからである。あんなに勝ち負けにこだわっていては、力を発揮できるはずがない。執着を捨てれば勝てるのにと、わたしはくやしくてならない。

日本としては、むしろ、わざと弱い選手を送り込んではどうか。百メートル競走に二十秒くらいで走る選手を送り、率先してクーベルタン男爵の高邁《こうまい》な精神を実践するのだ。それくらいのことをして日本の精神性の高さを世界に示す道を模索すべきだと思う。

勝負への執着は、勝ったときの態度にも見苦しい形で現われる。最近、勝った選手がガッツポーズなど勝ち誇った態度をとっているが、これは敗者に対して思いやりに欠ける醜い態度である。昔はガッツポーズはなかった。そのようなポーズの存在がまだ発見されていなかったからである。だいたい、感情をおおげさに表現するのはみっともないものだが、このポーズは、自分が勝つことしか考えていないという印象を正しく伝えてしまう。

高校野球で、勝った高校が校歌を歌うのもよくない。勝利に酔って涙を流すのも見苦しい。流すなら、相手の負けを悲しむ涙を流せないのか。正々堂々と闘って負けるのが最善だが、不運にもそれに失敗して勝ってしまったら、せめて相手校の健闘と高潔さをたたえて、相手校の校歌を歌う度量がほしい。そのような制度にすれば、すべての出場校の校歌が、優勝校を除いて、一回は歌われることになる。あわせてガッツポーズや勝ち誇った態度をとったら「教育的指導」などの名目で減点する制度を導入してもよい。

たしかに、選手は懸命にプレイしているであろう。それだけに、勝ったときのうれしさは、ひとしおであろう。しかしそういうときにあっても相手のことを思いやる気持ちを育てるのがスポーツではないのか。喜ぶなら、そういう状況で相手を思いやることができたときにこそ喜んでほしい。

少なくとも、勝者は平然とした態度くらいはとってほしいものだ。相撲《すもう》を見よ（しかし相撲も、相手の力をかわしたり、まわしを取らせないようにしたりしており、正々堂々とはいえない）。囲碁や将棋の勝者の態度を見よ。どんな勝ち方をしても平然とした態度を装えるよう、演技の練習をしてほしいものだ。

それにしても、どうしてこのように問題のあるスポーツが、健全な青少年を育成すると考えられているのだろうか。もしかしたらスポーツをしている間は悪事を働かない、と考えられているのかもしれない。たしかに、スポーツをしながら同時に盗みを働くことはきわめて困難である。しかしそんなことをいうなら、万引きをしている間だって強盗を働くのは困難なのだ。その意味では、スポーツは万引きと同程度の健全さしかもっていない。

あるいは、スポーツは身体を弱めるから悪事を働く体力を奪う、という意味で青少年を健全にしていると考えられているのかもしれない。しかしそれなら、タバコや酒を併用した方が、身体を弱らせるには効果がある。タバコや酒を禁じておきながらスポーツを奨励するのは矛盾している。

いずれにしても、子供のころからスポーツを強いられて育ったわれわれ自身の姿をみれば、スポーツの効果がろくでもないことが分かるであろう。これを自覚せず、大人になってもスポーツをやめないほど愚かな大人になってしまっているのも、スポーツのせいである。

大人になって最もスポーツに励んでいるのは、中年女性であろう。水泳、エアロビクス、テニス、ダンベル体操、ママさんバレー、ママさんコーラス、おしゃべり、昼寝など、彼女たちは疲れも見せず、精力的にスポーツに取り組んでいる。彼女たちの主な動機は、肥満予防と暇つぶしである。肥満予防といっても、たいていは手遅れになっているため「予防」とはいえず、かえって食欲を増進させているだけであるが、それでも「もしスポーツをやってなかったら、もっと太っていただろう」と考えて納得している。一方、暇つぶしという目的については、確実に効果をあげている（なお、男はもっぱら仕事によって暇つぶしをしている）。

スポーツは心身に悪影響を及ぼすが、スポーツの害も女には通じない。中年の女がスポーツをするのは、むしろ例外的に、心身によい。女がスポーツでストレスを発散させて家庭が平穏になるため、家族の心身によいのだ。本人に対しても、女の場合にかぎり、スポーツは身体を強くする。女の場合は、スポーツをしなくても身体は強くなる。どうやったら身体が弱まるのか、だれか研究してほしいものである。

＊＊＊

わたし自身は、スポーツに愛想をつかしている。たまにテレビでスポーツ番組を観る程度だ。今日は休日のためスポーツ番組は多かったが、わたしが観たのは、マラソン、柔道、ボクシング、プロ野球、スポーツニュースだけだった。これだけにとどめたのは、今日がこの原稿の締切日だったためでもあるが、他のスポーツ番組と時間が重なっていたためでもある。テレビ局の間で時間を調整できないのだろうか。こんな番組編成の仕方ではオリンピックのシーズンが思いやられるところだ。

第七章

言い訳の形而上学

原稿を書いていて一番力が入るのは、原稿が遅れている言い訳を考えるときである。締切日を一日でも過ぎると、たいてい編集者から電話がかかってくる。そんな電話には出ないよう、できるだけ留守にすることにしているが、運悪く電話に出てしまうことがある。そんなときの編集者の声はいらだちをおさえている（いらだちをおさえなくなったら相当に危険な状態である）。

「原稿の進み具合はどうですか」

「はい、順調に時間は経っています」

と答えて笑ってくれたら、まだしばらくはほっておいてもかまわない。しかし笑いもしないとなったら、後はもう、甲高《かんだか》い声で、

「ただいま留守にしています。信号音の後にお名前と御用件をお願いいたします」

といって電話を切るしかない。

そのたびに思うが、年を取ると会議の通知とか、頼みごととか、墓地を買え、などロクな電話がかかってこないのだ。突然、金をやるとか、表彰されることになった、といった内容の電話がかかってくるかもしれないと思うから電話を置いているが、そうでなかったら、とっくに解約しているところだ。携帯電話までもっている人の気がしれない。

その点ファックスはまだいい。複雑な交渉を要するような内容は送ってこない。だがそのファックスも先日から故障している。以前は、会議の通知は研究室宛《あて》に書類が回ってきていた。そのころはまだ「書類を見なかった」という言い訳が通用していたのである。しかしあるときから、自宅にファックスで会議の連絡が取られるようになってしまった。不自由な世の中になったものである。こうなった以上、会議の通知を受け取らないためにはファックスが故障するしかないではないか。

こう書くと、わたしはいつも言い訳したり、ファックスが故障しているような人間だと思う人がいるかもしれないが、実際のわたしはそんな人間ではない。留守にしたり病気になったりすることもある。

だが、いつも逃げ切れるわけではなく、最後には言い訳をする状況に追い込まれてしまうのが普通である。一般に、どんな立派な人格者がどんなに気をつけて行動しても、言い訳は必要になるものである。わたしがいい例だ。子供のころから現在に至るまで、何万回言い訳をしたか分からない。生まれたとき「オギャー」と泣いたのだって言い訳だったような気もする。子供のころと比べると、言い訳の回数は最近ますます増える一方である。言い訳の必要性が増していることをみても、世の中は確実に悪い方向に進んでいると断言できる。

しかしわたしはこれまで「身内に不幸があった」などという嘘《うそ》の言い訳をしたことがないことをひそかに誇りにしている。先日も原稿を催促されたとき、

「学会に出席しなくてはなりませんから、あと数日待って下さい」

と答えて納得してもらった。よく考えるとどうして納得してくれたのか不思議である。たしかに出席すべき学会はあるが、学会は半年先なのだ。また、あるときは、

「明日は一日中とても重要な会議があるので」

と答えて納得してもらったが、これも不思議である。日本中探せば、だれかがどこかで必ず会議をやっているはずだし、会議というものはすべて重要なものと考えられているのだ。重要な会議がある、という当たり前のことをいっただけで締切を延ばしてくれるのだから、世の中分からないものである。やはり、至誠天に通ず、嘘をつくまいとする誠実な態度が相手に通じるのだろう。

しかし誠実な言い訳がいつも通じるとはかぎらない。言い訳が適切でない場合と、相手が無理解な場合がそうである。たとえば万引きを見つかった人が正直に、

「わたしは万引き常習者なもんですから」

とか、

「万引きするつもりはありませんでした。強盗するつもりが、つい万引きしてしまいました」

と言い訳するくらいなら何もいわない方がいいが、これは言い訳が適切でないからである。よく使われる言い訳に、「つい出来心でやりました」というのがあるが、これも状況に

よっては不適切となる。たとえば、

「つい出来心で窃盗《せっとう》の計画を立てました」

という言い訳は通用しない。計画を立てようと思い立ったのがいくら衝動的だったとしても、計画的犯行とみなされるのだ。どうせ不適切なら、徹底的に不適切にすべきである。たとえば万引きの言い訳として、

「巨人ファンなもんですから」

とか、

「宇宙人に命令されました」

というならまだ責任を軽減される可能性がある。

どんなに適切な言い訳であっても、相手が無理解なために通じないことがある。現にわたしはこのような経験を数え切れないほど重ねてきた。先日も、締切日までに書類を出さなかったといって、助手がわたしを責めた。たんに書類を集める係になっているというだけで、よくあそこまで居丈高《いたけだか》になれるものだと思うが、この助手はそういう人間なのだ。

「どうして書類を作っていただけなかったんですか」

「実は昨日、帰りの電車が遅れたもんだから」

「でも遅れたといっても二十分くらいだったでしょう」

「しかし心理的には、その十倍の時間にはなる。歯医者で治療を受けているときには、実際

の十倍くらい時間がかかっているように感じるものだ」

「たとえ十倍に感じられても、実際に十倍の時間が経ったことにはなりません。百歩譲って、かりに十倍の時間が実際に経ったとしても、書類を作る時間は十分あったはずです」

「帰宅してからが大変だった。どういうわけかとても眠くなったのだ。非常に眠くて、〈超眠い〉というべき状態だった。超・激・超絶・ウルトラ・スーパー・スペシャル・ゴールド・ロイヤル・インペリアル・眠かったのだ。こんなに眠かったのはわたしのせいではない。自然現象なんだから。あんまり眠かったから目を覚ますためにわたしはテレビを見た。これも、書類を書くために目を覚まそうとしてやったことだ。責められる理由はない。そしたらつまらない番組ばかりで、面白い番組にあたるのに一時間半もかかってしまった。これもテレビ局のせいだ。わたしに責任はない。結論としてわたしには責任を問われるいわれがない」

「そんな理屈が通用すると思っているんですか。面白い番組を探す暇があるんだったら、その間に書類は作れたはずです」

「書類を作っていたら眠っていたにちがいない。だからわたしとしては、やむなくテレビを見る以外にないだろう。それにテレビを見ていれば、知らないうちに書類ができあがっているかもしれない、と思ったのだ。テレビを見終った後、たしかにわたしは眠ったが、眠っている間にもひとりでに書類ができていてくれればいいが、と願っていた。無責任な人間なら考えられないことだ」

「そういうのをまさに無責任というんだと思いますけど。もしそんな言い訳が通用するんだったら、いつも先生がおっしゃっていることはどうなるんですか。〈ぼんやりしていれば自然に論文が出来上がる、と勘違いしているんじゃないだろうな。幼稚園児でもそんな勘違いはしないぞ〉とよくおっしゃいますね。このことばをそっくりお返しします」

「そんなもの返してくれなくていい。分かったよ。君みたいに、どんな言い訳でも認めないぞ、と決めてかかっている頑固な人間には論理が通用しないものだ。じゃあ、こういおう」

「もう結構です。そういう暇があったら書類を作って下さい」

「今や書類が問題ではなく、なぜ書類を作らなかったかについての説明が問題になっているのが分からんか。これから本命の言い訳をいうから聞いていなさい。正直にいうと、書類を作らなかったのは、つい忘れてしまったからだ。最近、記憶力が弱くなってね。もちろんこれは自然現象で、わたしの責任ではない。五百年前のことは覚えているんだ。たとえばコロンブスのアメリカ大陸発見は一四九二年だ。約百五十億年前に宇宙が誕生したことも覚えているくらいだ。しかし昨日金を借りたことは忘れているというありさまだ。書類の作成など、宇宙の誕生やアメリカ大陸発見に比べれば重要性はないに等しいから、忘れて当然だともいえるが」

「忘れたから責任はないとおっしゃるんですか」

「よく分かるじゃないか。悪かった、と謝りたいところだが、忘れたということはわたしが意図的にやったことではない。人が責任を問われるのは、意図的にやったことだけだ。薬物の影響でやったとか、だれかに脳を操作されて本人の意図とは無関係にやった場合、責任を問われない。忘れるということは、意図的にやれることでも、本人の自由になることでもない。だから、忘れた責任は、わたしにはない。したがって謝る必要もない。わたしの気持ちとしては謝りたいのだが、謝ることを論理が禁じているのだ」

「でも、忘れるということは、本人の自由にはならないことなんでしょうか。先生は以前、学期の終わりに、〈この授業は失敗だったから、今学期にしゃべったことは悪い夢でも見たと思って忘れてくれ〉とおっしゃったことがありましたよね。お忘れになったかもしれませんが」

「そんなことを覚えていたのか。わたしがそういったこともその学期中のことだから、それも一緒に忘れてくれないと困るじゃないか。名講義だったという印象だけを大切にしてあとは忘れてくれればいいのだ」

「ということは、忘れるかどうかを選ぶことができる、ということじゃないんですか。忘れてくれ、とおっしゃっているんですから。忘れるように努める、という言い方もありますし」

「しかし、そういう表現ならいっぱいある。〈愛してくれ〉と頼まれることはあるが、そういわれたからといって愛するかどうかを自由に選べるだろうか。〈信じてくれ〉という言い方はあるが、そういわれた人が信じるかどうかを勝手に選ぶことはできないだろう。〈こう考えろ〉とか〈覚えていろ〉なども同じだ。命令形があるからといって、命令された人がそれを自由に選べるとはかぎらないのだ」

「忘れるということが人間の自由になるかどうか、決着はなかなかつかないかもしれません。とくに先生を相手に議論していたら。でも、火を消し忘れて山火事を起こした人は責任がないんですか。借金を払うのを忘れていたとか、税金を申告するのを忘れていた、といっても、責任は問われるんじゃありませんか」

「そういう犯罪につながるような場合は、書類を作成し忘れた場合とは別だ」

「どうして別扱いになるんですか。原理は同じでしょう。犯罪に無関係な場合でも、デートの約束をついうっかり忘れた、といったら、相手は怒るんじゃありませんか。恋人の名前を忘れても怒られるのが当然でしょう。レポートを出すのを忘れました、といったら先生は許すんですか。新郎が結婚式の日をつい忘れて式に出なかった、とか、ガンの手術の日を忘れていた、といっても許されないでしょう。だから、忘れた、といっても責任がなくなるわけじゃないと思います」

「一見もっともらしい理屈だが、しかし、たとえばわたしが教えたことを君はほとんど忘れているが、だからといって、君は責任を問われるかね。ビデオの使い方を忘れたからといって、罰せられるかね」

「そういう無関係な例を出さないでいただけませんか。他人に迷惑がかからないんだから、忘れる忘れないに関係なく、罰や責任を問われないのは当然でしょう」

「君はいま、わたしを論破したと思って得意になっているかもしれないが、君のように小賢《こざか》しい人間がしばしば見逃すことがある。それは、言い訳というものは寛容に受け入れるべきものだ、ということだ。言い訳というものを深く考えていくと、不可解になる。ある尊敬すべき学者がすでに指摘している通りだ。それによれば、たとえば、〈忙しかったために、ご返事が遅れました〉という言い訳は、〈お前のことなんか、後回しなんだもんね〉といっているに等しい。これがなぜ言い訳として通用するのか、不可解である。そんなことをいうくらいなら、むしろ何も言わない方が失礼にならないのではないか。ざっとこのような趣旨の指摘だ。何という鋭い洞察だろうか。言い訳というものは深く考えないで受け止めるべきものだ」

「その〈尊敬すべき学者〉だとおっしゃっているのは先生のことでしょう」

「よく分かったな。おそらく君の推論はこうだろう。〈その学者は尊敬すべきである。土屋は尊敬すべきである。ゆえに、その学者は土屋だ〉と推論したんだろう。残念ながら、これは後件肯定という誤った推論だ。しかし結論の部分は正しい。結論だけでも正しいのは君には珍しいことだ」

「そんな推論をしたんじゃありません。〈土屋は尊敬すべきである〉という前提も間違っているし。わたしの推論は簡単です。〈土屋は尊敬すべき学者は自分一人だと誤って思い込んでいる。ゆえに土屋が「尊敬すべき学者」とうれしそうな顔をしていったら、土屋のことである〉と考えただけです。とにかくその〈尊敬すべき学者〉だと思い込んでいる人が正しいとしても、それはまともな言い訳にかぎられるんじゃありませんか。〈忘れたから責任がない〉もまともじゃないですけど、よく授業で質問されて〈わたしは表現力がないから〉とか〈今日は調子が悪いから〉とか〈最近スランプなんだ〉といって逃げるじゃありませんか。これなんか、まともな言い訳じゃないと思います」

「しかし君だって、この前わたしが論文を書けといったら、〈怠け者ですから〉と言い訳しただろう。これは、これからも怠けるぞ、と宣言しているに等しい」

「でもそれじゃあ、〈記憶力がないもんですから覚えられません〉という人は、記憶しないぞ、と決心しているだけだ、とおっしゃるんですか」

「そうだ」

「じゃあ、円周率を百桁《けた》覚えられないのも、その気がないだけなんですか」

「そうだ。その気が起きないだけだ……と思う」

「どうして覚えにくいことにかぎってその気が起きないんですか」

「そんなこと分かるわけないだろう。神様じゃないんだから」

「ほらでた。先生はいつも〈神様じゃないんだから〉とおっしゃいますね。英語の単語を知らないときも〈神様じゃないんだから〉、学生の名前を忘れたときも〈神様じゃないんだから〉、授業に遅刻してきたときも〈神様じゃないんだから〉。少し使い過ぎじゃないんですか」

「だが、どこが間違っているかね。第一に、わたしは神様じゃない。第二に、もしわたしが神様なら、何でも知っていただろうし、遅刻することもなかっただろう。どこからみても正しい言い訳じゃないか。君たちもこういう高尚な言い訳を使うようにしなさい」

「そんな言い訳を使えるわけないでしょう。先生じゃないんですから」

第八章

成熟の苦しみ

わたしは今でこそ、曲がりなりにもひとかどの社会人として、税金を払うなど社会のために微力を尽くしているが、最初わたしは子供として出発した。これは、偉人といわれる人々に共通する特徴である。

哲学者の中には、人生のうちで子供のころ、とくに嬰児《えいじ》のころが最高だと考えた人がいる。ニーチェなどは、嬰児の方がライオンより優れている、とまでいっている。このような人は、子供をもったことがなく、子供を遠くから見たことがあるだけに決まっている。「子供が欲しくなったら、レストランで子供の隣に座ってみることだ」といった人がいるが、子供の本質を知るためには、子供をもつまでもなく、子供と同じ電車に乗り合わせるだけで十分である。

現実の子供を見ていると、嬰児よりも胎児の方が、胎児よりも受精卵の方が、受精卵よりも未受精卵の方が優れているといった方があたっているような気がする。

しかし一般には、子供は純真だという先入観がはびこっている。子供が純真そうな顔つきをしているのはたしかだが、実は未発達のために、そのような顔つきしかできないだけではないかと思う。その証拠に、身体を自由に操れる大人になると、純真そうな顔つきをする者は皆無《かいむ》となり、邪心が露骨に顔に現われるようになる。

そもそも、大人になるとあれだけ悪いことをするような人間が子供のころだけ汚れのない人間だったはずがない。子供のころは純真だったのに大人になって突然悪くなった、と考える方が不自然である。

子供は実際には嘘《うそ》もつけば、親の目を盗んで悪いこともする。そうでない子供もいるかもしれないが、それは、悪いことを思いつくだけの知恵がないか、実行するだけの体力や知力がないか、機会がないか、のいずれかであるにすぎない。

子供は天使ではない。先日もそのことを実感させられる体験を電車の中でしたばかりだ。

1

わたしが楽しみにしていることの一つは、比較的空《す》いた電車に座り、ゆったりした気分で研究書を広げて、居眠りをすることである。

先日も、地下鉄に乗って席に座り、研究書を広げたときのことである。わたしの向かいの席に、無精髭《ぶしょうひげ》を生やした怖い感じの男と、対照的に可愛らしい三、四歳くらいの女の子が並んで座っていることに気がついた。男は競馬新聞を読んでおり、女の子はあたりを見回している。

「あの二人はおそらく父親と娘だろう。間違っても、母親と息子とか、テレビと冷蔵庫などではあるまい」と、今日も順調に推理力が働いていることに満足していると、女の子がわたしに気づいたらしく、わたしの顔を興味深そうに観察しはじめた。こんなに幼くても審美眼は備わっているものなのだ。わたしは妙に恥ずかしい気分になりながらも、眉《まゆ》を上げて、わたしが人形ではないことを示した。すると驚いたことに、女の子はわたしの真似《まね》をして、眉を上げ、自分も人形ではないことを示したのである。

困ったことになってしまった。こんな女の子を相手に眉を上げたままでは居眠りもできない。こう思ったわたしは、目をそらしながらも、口を開閉してみた。口が開閉できる構造になっていることを示すためである。恐れていたとおり、目の端に、女の子が口を開いて閉じたのが見えた。

眉を上げたり、口を開けたりするのは、腹話術の人形でもできることだ、と思ったわたしは、腹話術の人形ではないことを示すために、指で鼻を押し上げた。案の定、女の子は同じ動作をして、自分も腹話術の人形でないことを伝えてきた。その間ずっと、父親の方は競馬新聞に目を落としたままである。周りの乗客も気づいていない様子だ。

こうなってしまったら、真似をやめさせる方法はない。わたしが何をしても、その真似をするだけだから。わたしが困惑してためらっている間も、相手はじっと次の動作を待っている。わたしはこらえきれず次々に、足を組み、頭をかき、顔をしかめ、舌を出し、寄り目を作り、両手の指を鼻の両穴に入れてみた。

女の子はそれらをすべて正確に模倣した。なんてしつこいんだ、と思いながら、両耳に指をつっこもうとしたとき、父親が新聞から目を上げてこちらを見た。わたしはとっさに、何気ない様子で耳をさわり、研究書を読んでいるふりをしたから難を逃れたものの、もしわたしが指を両耳に入れているところを男が見て、自分の娘も同じことをしているのを目撃したら、と思うとぞっとする。女の子がわたしの物真似をしている、と思うのなら、まだいい。もっとみっともないのは、わたしが女の子の真似をしていると誤解された場合である。たぶん男は、

「いい大人が、他にすることとないのか」

というに違いない。

「競馬はいい大人のすることとか」

と言い返したいところだが、考えてみると、子供の猿真似をするよりは競馬の方がはるかに大人にふさわしいのだ。

幸い、男は気づいた様子を見せず、女の子に一言何かいって再び新聞に目を落とした。それ以後わたしにはゲームを続ける勇気はなくなってしまった。研究書を読もうとしたが、それが研究書であるためか、まったく集中できない。駅に着くまでの三分ほどの間わたしに

できたのは、研究書を読んでいるふりをすることだけだった。それ以外にやったことといえば、ただ、指を使わないで鼻の穴を広げては元に戻す、という動作を数回繰り返しただけであった。女の子が同じことをやれるかどうか、見さえしなかった。

電車を降りるとき、念のため、耳の穴に指を入れて女の子を振り返ると、やはり同じように耳に指を入れていた。

この事件によって、わたしは子供のしつこさと愚かさを思い知らされた。以前、動物園でニホンザル、チンパンジー、オランウータン、を相手に試してみたことがあるが、いずれも軽蔑《けいべつ》したような表情を浮かべただけで、わたしの真似をしようとはしなかった。キリン、象、ウォンバット、ペンギンにいたっては、まったくの無関心だった。動物でさえこの程度には利口なのだ。わたしは子供の愚かさに哀れみの念をおさえることができなかった。

人間は、他の動物と比べ、非常に未熟な状態で生まれてくる。知的にも身体的にも成熟するには多大の時間を必要とする。およそ十八年かかって、やっと成熟の準備段階が完了する。この段階に達すると、成熟には向かわないで、成熟を拒否する方向に向かってしまい、たいていは、成熟するのを拒否したまま一生を終わる。中には、子供よりもダダっ子になることもある。自立しているように見える人でも、たいていは自立しているように見えるだけである。

知的な面でも、せいぜい競馬新聞を読んだり競馬のやり方を覚える程度にまでしか発達しない。知能というものは、年を取るにつれて発達する（とわたしは希望する）から、大人の知能から逆算すると、子供の知能は想像を絶するほど低いはずである。

事実、子供がもっているほとんどの性質は、この愚かさによって説明できる。たとえば、子供は何の用事があるのか、大声で叫び合ったり、走り回ったりしており、表面的に見るかぎり、子供の方が大人よりよっぽど忙しそうに見えるが、これは愚かな証拠である。賢人といわれるような人が、忙しそうにしていたり、大声で叫んだり、走り回っているところを想像できるだろうか。

大人になると動き回るだけの体力がなくなるためか、エネルギーを浪費することは少なくなり、もっと効率的に愚かなことをするようになる。さすがに成長しただけのことはある。

子供は天使のようだという人がいるが、わたしはそれよりも犬に似ているように思う。子供はたいていの場合、大人の気に入られようとする傾向がある。たとえば贈り物をもらうと、欲しくないものでもうれしそうな顔をすることがあるが、これは大人の期待していることを敏感に察してそれに応えて機嫌をとろうとしているのである。しかし、期待に応えるにも限界があり、親が我が子はひょっとしたら天才かもしれないと思って、

「素数が無限に存在することを証明せよ」

とか、

「ザンビアの首都はどこか」

とたずねても、そこまでは期待に応えない。

2

ただ、このように子供が愚かだからといって、大人が賢明だということにはならない。考えてみると、大人はもっと愚かである。新聞の三面記事は、「分別盛り」の大人が犯した犯罪で埋まっている。分別が最高の状態にあってもこの程度なのだ。子供のころに比べて発達する点といえば、悪いことをする体力と邪心くらいのものであろう。

子供は大人と同じくらい愚かかもしれないが、悪い方向に頭を使えないためか、少なくとも大人よりは幸福である。

たとえば子供は無知であるが、それでもそれを苦にしたり、不幸だと思うことはない。実際、子供はほとんどのことを知らない。小学校に上がる前は、大人の話を聞いてもテレビを観てもほとんど理解できず、文字も読めず、競馬のやり方、社会のしくみ、道具の用途、量子力学、ラッセルの記述理論など、何も知らないのだ。大人なら不安で仕方がないところだが、奇妙にも子供は平然としている。

おそらく、そういったことをすべて知っている人を一人押さえておけばいい、と判断しているのであろう（全知全能だと思ってすべてを託した親が実際にはいかに信頼できないものであるかは、後になってはじめて分かることである）。

これほど無知な子供が何を知りたがるかということは興味のあるところだが、実際には大したことを知りたがっているわけではない。友人の家に遊びに行ったときのことだが、友人が小学校一年生の娘に向かっていった。

「昨日パパが話しただろう。このおじさんがその人なんだよ。大学で教えていて、どんなことでも知っているんだ。質問を考えておいただろう。きいてごらん」

わたしに対する日頃の評価とは対照的な身に余ることばに、わたしは思わず姿勢をただした。娘は、おずおずと質問した。

「にんげんのほねは、ぜんぶでなんぼんくらいあるんですか」

「子供電話相談室」というラジオ番組で子供がする質問には、わたしに答えられるものはないな、と常々思っていたが、これもやはり答えられない質問だった。学生の質問にもまともに答えられたことがないのだ。

「さあ、正確な数は知らないな。たぶん三本以上ある。もっと違う質問をしてくれないかな。目の数はいくつか、とか」

わたしはこういい、質問の仕方が悪いという形にして何とか面目を保ったが、娘はわたしの答えをきくと、恥ずかしそうにうつむいたかと思うと、きびすを返して部屋を走り出た。その仕草の何とかわいかったことか。わたしがこのような返答をしたときの学生たちの反応とは大きな違いだ。その学生たちにも、かつてはこんなかわいい仕草をしていた時期があったのだろうか。とても信じられない思いだ。

この子は、むりやり質問を作ったのだろうが、それにしても、無数にある知らないものの中で、骨の数のようなどっちでもいいことを思いつくということは、それだけものごとを知る必要性を感じていない証拠であろう。

この点では、知識をえるために本を読み、新聞を読み、テレビを観、人の話を聞き、インターネットで情報を収集していないと不安になり、いい加減な答えを許しておかない大人と対照的に、無知に対しておおらかである。この機会に、子供にむりやり知識を与えるのがいいことなのか、そして、ちゃんとしてない答えがそんなに許せないのか、考え直した方がいい。

子供は知識には無関心であっても、他のことにはそうではない。ちょっとしたことが、子供にはあこがれのまとになる。電車の切符を買う、切符を改札係に出す、といったことでも、してみたくてたまらないのだ（大人になると、切符を買わずにすませられる方法がないかと考えるようになる）。また、乗物を運転する、ペンチで針金をまげる、ドライバーでねじを回す、コピーをとる、お茶を淹《い》れるといった、大人の世界では労働に分類され、金をもらわないとだれもやろうとしないような苦痛な仕事とされているものが、あこがれのまとなのだ。

大人が忌《い》み嫌《きら》う料理、洗濯、夫の出迎えなどにしても、子供はママゴトでまねごとをしてまであこがれているのだ。

だからこれからは、労働者を募集する時は子供に声をかけてみるべきであろう。そうすれば多少の出来栄えを我慢しさえすれば、喜んで仕事をしてもらえるだろうし、うまくすれば子供から仕事とひきかえに金をとることもできるかもしれない。

わたしが小学生のころなりたかったものをあげると、横綱、忍者、鞍馬天狗、透明人間、A子の夫、王子様、野球選手、社長、電車の運転手、プロレスラー、B子の夫、ポチの飼い主、トンビ、漁師、手品師、名犬ラッシー、バイオリニスト、競輪選手、C子の夫、演歌歌手、といったところである。多くの子供はほぼ同じような希望をもっていると思う。とにかく色々なことに関心があるのだ。

これが大人になると一変する。大学生のころ男子トイレの落書きで見た「やりたい仕事ベストスリー」のアンケートによると、上位にあったのは、チチモミや産婦人科医であったと思う。これらは子供のころには思いもつかないような希望である。大人になるにつれて非常に偏ってくるのだ。

一般に子供はふだん機嫌がよい（おそらく愚かなためであろう）。不機嫌になるのは、何か特別な原因があった場合である。これに対して、大人は、不機嫌が普通の状態である（愚かなためであろう）。機嫌がいいときは、金を拾った、女にもてた、四打席連続ホームランを打ったなど、特別な原因があったと疑ってよい。

思い返せば、子供のころは義務といえるものがほとんどなく、いやいやすることといえば、風呂に入ったり、食事をするくらいのことだった。それすら、「風呂に入れ」といわれれば、「そんなものか」と思って、抵抗することも考えつかず、無批判に従っていたのだ。不機嫌になる理由を見出す能力もなかったのである。

大人になると、情けないことに、風呂や食事が逆に数少ない楽しみになっている。テレビでグルメの店や料理の作り方や温泉の紹介をする番組を毎日のようにやっているが、大人の楽しみはその程度のものしかないのかと思うと悲しい。妻が料理番組を観るなどして、下手な料理の腕を上げようとしないのが、さらに悲しい。

結局、成熟や成長などといっても、愚かさがなくなるわけでもなければ、幸福に近づくわけでもない。人間は何かすればするほど幸福から遠ざかり、能力を身につければつけるほど愚かな行為をする可能性が増えていく。人間は未発達であればあるほど、また無力で無知で無能力であればあるほど善いのではなかろうか。人間は、何もせず、何もできず、何も考えられない、という状態が最善かもしれないのだ。嬰児や子供がときに賛美されるのはこのためなのかもしれない。

第九章

会議は暴れる

暑い。「記録的に暑い夏」といわれるのではないかと思う。考えてみると、毎年「記録的に暑い」といわれているような気がする。記録を一年単位でとっているのかもしれない。

こうまで暑いと、色々なことにやる気がなくなってしまう。仕事、家庭サービス、歯磨き、出勤、帰宅、納税、ドブさらいなど、まったくやる気が起こらない。中でもとくにやる気がしないのは、会議である。

大は国連総会から小は家族会議に至るまで、会議は季節を問わず退屈であるか苦痛であるかのどちらかである。間違っても会議が楽しいことはない。ちょうど、間違ってもわたしの講義が面白かったり、納税に喜びを感じたりすることがないのと同じである。

会議が続くとストレスはたまり、体力と気力は失われていく。年をとると体力も気力も衰えるが、これは会議をしてきたためではないかと思う。青少年のありあまる体力（どういうわけか、青少年の気力がありあまるということはない）を悪いことに使わせないためにスポーツをやらせているが、体力と気力を奪う目的のためなら、かれらに会議をさせた方がずっと効果的ではないかと思う。

このように、会議というものには人間性に反するところがある。人間性に反する点では、暑すぎる季節にひけをとらない。それなのにわれわれは会議に明け暮れており、わたしの勤務する大学でも、カリキュラム委員会、廃水処理委員会、学部内教務事項検討委員会、家庭内料理改善委員会、巨人軍優勝促進委員会など、多数の委員会が存在している（存在しないのもある）。役職に選ばれると会議に出る回数は年間百回を越えることがある。このように会議が多いのはなぜだろうか。

次のような理由が考えられる。

（1）人間性に反するようなことをすることもまた、人間性の一部である。実際、人間は、食べ過ぎる、過度に仕事を増やす、処理し切れないほど人間関係を複雑にするなど、人間性に逆らって、苦しみやストレスを招くような行動を繰り返してきた。人間は楽しみよりも苦しみを求めているのかもしれないとさえ思える。

（2）会議によって時間をつぶすことができる。もしかしたら、会議は人類の偉大な発明だといえるかもしれない。もし会議というものがなかったら、われわれは時間をもてあましていただろう。人類は、与えられた長い人生をもてあまさずに過ごす工夫を積み重ねてきたが、これほど時間をつぶすのに効果的なものは、テレビとパソコンとプロ野球と哲学くらいのものである。しかも、電気も道具も哲学者もいらないのだ。二人以上の人間がいさえすれば、いつでもどこでも簡単に開くことができ、際限なく続けることができる。

（3）会議ほど睡眠に適した環境はめったにない。もちろん、睡眠をとったからといって、ストレスの解消になるとはかぎらない。理由は分からないが、会議で眠った後は普通、爽快《そうかい》な気分にはなれないものである。睡眠中も会議でしゃべっていることが耳に入っているからかもしれないし、不自然な姿勢で眠るからなのかもしれない。あるいは眠った者に対する視線が厳しいからかもしれない。会議中は発言を避け、全員がアイマスクをかけて静かにベッドに横たわり、だれが眠ったか分からないようにする配慮がほしいと思う。

(4)会議は、民主主義を維持するのに不可欠である。独裁制の社会だったら、独裁者の「こうする」というツルの一声で終わるところだが、民主制は違う。民主制では、果てしない議論を重ね、だれもが「参加するのはもううんざりだ」と思ったころ、どこからか突然「時間がない」とか「こうしないとまずい」といった通達があり、そのツルの一声で決着がつく。独裁制も民主制もツルの一声で決まる点は同じだが、会議を開くという形式を踏むかどうかが大きい違いとなる。民主主義を守るためには、たとえ居眠りしてでも会議に出て意思決定に参加する必要がある。

会議の九割は、どこかで作られた原案をただ承認するだけのために開かれるが、これは、責任を分散させて全員が責任者になり、その結果だれも責任をとらなくてすむようにするためである。間違った決定を下してもだれも文句をいわれないのだから、間違え放題である。

(5)会議には、利害の対立を調整するという機能がある。利害の対立を調整する手段としては、他にケンカがある。動物にはケンカという手段しかないが、人間にはケンカに加えて、会議というはるかに洗練された手段がある。もしケンカという手段しかなかったら、人間の社会から平和は失われ、人間関係は殺伐としたものになり、いろいろな問題は迅速に解決していただろう。

しかし会議もケンカも、参加者が自分の利益を主張するという基本は同じである。ちょうど食べ物を手でつまんで食べるのも、箸《はし》を使って食べるのも、食べるという点では変わりがないのと同じである。だから会議は「穏やかなケンカ」である。あるいは、ケンカは「激しい会議」である。

会議もケンカも、圧倒的な力の差がないときにとられる問題解決手段である。圧倒的な力の差があれば、会議やケンカに訴えるまでもなく、そもそも問題がはじめから生じないのだ。マイク・タイソンにケンカを挑む者がいないのも、わたしの家ではケンカも会議もないのも、このためである。

(6) 会議は、アイデアを引き出す機能をもつと信じられている。一人ではアイデアというものは出て来ないものである。そのことから、「ゆえに複数で考えればアイデアが出て来る」という誤った結論を引き出し、「会議を開けば何とかなる」と考えてしまうのだ。しかし現実には、「三人よれば文殊の知恵」というより、「船頭多くして船山に登る」ケースが圧倒的に多い。アイデアというものは、トイレや風呂場で一人きりになったときに出て来ることが多いものである。それでさえ、その九九パーセントはくだらないアイデアなのだ。会議でアイデアを募ったら、出て来る意見の一五〇パーセントはくだらないアイデアになるだろう。

実際の会議がどのような展開をたどるか、以下に実例を挙げてみよう。断っておくが、以下はすべてフィクションであり、とくに「教授A」はわたしではない。

委員長「みなさんお集まりのようですので、ただいまから自己評価点検委員会を開かせていただきます。その前に一言。本日はお忙しいところをお集まりねがって、恐縮です。ちょうど概算要求の時期でみなさんもそれぞれ大変だと思います。わたしも、私事で恐縮ですが、頼まれた仕事があり、その上、家内が入院しているので、この会議はできるだけ迅速に進行させたいと考えておりますので、よろしくご協力のほどおねがいします。もちろん、迅速にといっても、本学の根幹にかかわる重要な問題ですから、拙速に陥らないよう注意しなければなりません。まして私的な事情によって十分に審議を尽くさないのは許されないことです。したがって迅速にといってもおのずから限度があるのは当然です。まあ、そこのところはみなさんの良識におまかせすることにしたいと思います。おまかせするくらいなら、最初から迅速に、などといわなければよかったのかもしれません。しかしこれは非常にあいまいな言い方しかできないのを大目に見ていただきたいのですが、無駄な議論を抑える心理的効果がないとはいえないと思えますから、無駄ではなかったと考えておくことにしたいと思います。

前置きはこのくらいにして、よろしければ、さっそく議事に入りたいと思います。本日の議題は、事務の人にご苦労ねがってみなさんにすでにご通知をさしあげてあると思いますが、本学の自己評価・自己点検をどう実現していくかということです。その前に一言、この問題の経緯を簡単にご説明しておきたいと存じます。さきほどいい忘れたんですが……」

教授A「ちょっといわせていただきたい。迅速に、といいながら、ちょっと話が長すぎるんじゃありませんか。前置きは全部不必要だし、通知してある云々というのも必要ない。通知しているからみんな来ているんだ。それに通知を回したのが事務の人だということくらいみんな分かっているじゃありませんか。分かりきったことはいちいちいわないでいただきたい。分かりきったことを聞くためにここに来たわけじゃないんだ。もっと時間を大事にしてほしいものだ。時給にすればかなりの金額を失っているんだから。本当いうと問題は金じゃない。われわれのような専門家の場合、この時間を研究に費やしていたら達成できたであろう貴重な成果を失っているといえるんだ。無駄な時間をとるのは犯罪行為に等しいという認識を議長たるものはもってほしい。わたしは同じことをうちの学部の教授会でもうるさくいっているんだけども、いっこうに改善される気配がない。こんなことが実現できないようでは、大学に自己管理能力がないといわれてもしかたがない。大学の自治なんか返上すればいいんだ。自己点検するなら、そこからはじめてほしいもんだ」

教授B「ちょっと口をはさんでいいですか。そろそろ議事に入っていただけませんか。この後、論文指導があるもんですから」

委員長「では早速、議事に入ることにします。その前にさきほどA先生がおっしゃったことについて……」

教授A「だからそんな前置きはもういいっていってるでしょう。さっさとはじめてくれませんか。実際、無駄が多すぎるんだ。どうしてもっと簡潔にしゃべれないんだ。わたしがいったことなんて、どうでもいいでしょう。余計なことをいわないで、さっさと議事に入ってほしい、といっているだけなんだから。それについてごちゃごちゃやっていたら、いつまでたっても終わらない。導入部はできるだけ短くして、できるだけ早く本論に入った方がいいんだ。論文だってそうでしょう。イントロダクションだけ長くて、いつまでたっても本論に入らないんじゃ、論文にならない。どうでもいいことをダラダラといい合うんなら帰らせてもらう。要点だけを集中的に論議して、さっと切り上げるように進行してほしい」

委員長「貴重なご意見を長々といただき、ありがとうございました。では早速、議題に入ります。自己評価・自己点検をどう実現するか、ご意見をお願いします」

教授C「ちょっといいですか。そもそも自己評価・自己点検をどうしてやらなきゃいけないんですか」

委員長「組織というものは、ほっておくと堕落するというか、効率性を失う、という考え方だと思います」

教授C「しかし、どうしてそういえるんですか」
委員長「リンゴをまとめて樽《たる》の中に入れてほっておくと腐るでしょう」
教授A「まとめて樽に入れなくても、一個だけだって腐るだろう」
委員長「それはそうですが、樽だと全部が腐りやすいでしょう。もちろん一個でも腐りますが、だからこそ、ほっとくわけにはいかないのです」
教授A「ほっとかなくてもリンゴは腐るだろう。冷凍にしたりすれば別だが」
教授C「それに、ダイヤのように、いくらほっておいても腐らないものもあります。自然界全体で見れば、ほっておいても腐らないものの方が多いと思います。腐敗という現象は興味深いもので、基本的には……」
委員長「ちょっと待って下さい。問題がそれていませんか。リンゴの話はたんなるたとえです」
教授A「何かにたとえるのなら正確にやってもらいたい。不正確なたとえなら、やらない方がいい。不正確なばっかりに余計な時間を食ってしまうんだから」
委員長「失礼しました。たとえは撤回します。とにかく、自己評価・自己点検をするかどうかは、すでに法的に決まっていて、議論の余地はありません」
教授C「しかし、組織は点検しないと駄目になる、と一概にいえるんでしょうか。大学は組織といっても独立した専門家の集まりで、企業や役所とは違う。それに、点検した方が必ずしもいいといえるかどうか。人間ドックなどで身体を点検するのだっていいのかどうか。車検だってやりすぎでしょう」

委員長「話をそらさないでくれませんか。たしかに自己評価・自己点検をするのが望ましいかどうかは議論の余地があるかもしれませんが、とにかくそれを実行することに決まっているのです。どうやって実現するか、それがこの委員会の問題です。各教官をどう評価するか、本学の組織が十分効率的に機能しているかをどう評価するか、が問題になります」

教授A「効率化をはかるというんだったら、最初にやるべきことはこの委員会を廃止することだ。こんな会議を何回も開いたり、分厚い報告書を作成したりするのが、一番、研究・教育の効率を奪っているんだ。こんなに時間と精力を奪うのは犯罪的だ」

委員長「しかしそうすると、大学の組織を見直す場がなくなります」

教授A「見直しなら、各種委員会がそれぞれやっているだろう。それだけでも多すぎるくらいだ。無駄な委員会はつぶせばいいんだ。何かというと、すぐ委員会を作るくせに、廃止をしないから、委員会は増える一方だ。そのうち朝から晩まで委員会だらけになる」

教授C「しかし、委員会を整理するにも、それを議論する委員会が必要になるんじゃないですか。この委員会を廃止するのだって、この委員会で勝手に決められないでしょう」

教授A「そんな形式的なことをいっているから、いつまでたっても駄目なんだ。この委員会が自分でもう廃止しますといって教授会に報告すればいいだろう。何なら委員が全員辞表を出せばいい。あんたのように形式論にこだわる態度が一番の問題なんだ。まず教官の頭の中を変えるのが先決だ」

委員長「しかし自己評価・自己点検はやらないわけにはいきません。法的にも義務づけられたんですから。まず個人の業績をどう評価するかについてはどうでしょう」

教授C「個人の業績を本人が評価できるんでしょうか。全員が満点をつけかねない」

教授A「だが、わたしは自分に満点をつけたりしない」

教授C「あなたなら、自分でも満点はつけられないでしょうな」

教授A「ちょっと待った。いくらなんでも許せることと許せないことがある」

教授C「そんなのあたりまえでしょう。食べられるものと食べられないものがある、などいくらでもいえる。飲めるものと飲めないものがあるし、買えるものと買えないもの、期待できることと期待できないこと、治せる病気と……」

教授A「もういいっ。あんたのいうことは許せんといってるんだ。ふざけたことをいうと許さんぞ」

教授B「ちょっとすみません。まだまだ長引きそうでしょうか。論文指導があるもんですから」

教授A「だまれっ。そんなことといっている場合か。大学の将来がかかっている重要な問題を議論しているんだ。こういうときに時間を気にするのは犯罪的だろうが。自分勝手なことばかりいっていると許さんぞ」

教授C「〈許せん〉を連発する自分は許せるんですか」

委員長「まあ落ち着いて。ここは冷静に話し合おうじゃありませんか。とにかく、何らかの形で自己評価をやらなきゃいけないことは既定の事実なんですから」

教授A「さっきから何回同じことをいってるんだ。一回いえば分かるんだ。わたしらを馬鹿だと思っているのか」

委員長「そんなことはないです。馬鹿かもしれないと疑っているだけです」

教授A「何だと。もう許せん。こんな会議はたくさんだ。もう帰るっ」

こうしてみると、会議もやり方次第では人間性まる出しになるものである。わたしの大学の会議は紳士的であり、このような展開にはならない。だが、紳士的に会議するということは退屈なことである。人間性に反しているのは、会議ではなく、「紳士的」という部分なのかもしれない。

第十章

わたしが出所した日

わたしが入所したのは一年前の二月、北風が吹き荒れる、凍えるような朝のことだった。最小限の荷物を小脇に抱え、いつになったら出所できるのか不安でいっぱいのわたしを乗せた灰色のバスは街中を通り抜け、郊外をしばらく走った後、大きい門に入って止まった。その建物には「XYZ自動車教習所」と書いてあった。

天才F1ドライバーのアイルトン・セナが死んで間もないころだったが、セナの衣鉢《いはつ》を継ぐのはわたししかいない（かもしれない）と悲壮な決意を固めたわたしは、セナの死を乗り越えてF1ドライバーへの第一歩を踏み出したのだ。わたしはとりあえず、オートマチック限定の免許を狙《ねら》うことにした。

入所するとまず適性検査を受ける。知能テストとロールシャッハテストを組み合わせたようなテストだ。適性検査で失格になったという話は聞いたことがないが、何事にも最初ということがある。最初の失格者にならないよう、わたしは全力を傾けて取り組んだ。

しかし考えてみれば、このようなテストで運転の適性が判断できるはずがない。わたしは心理テストに対してはかねてから疑いの目を向けていたが、出てきた結果は驚くべきものであった。わたしの総合評価は、

「大人の行動はできるが、子供っぽい行動もしがちである」

「物事を深く考えすぎて、適切な決断や行動を欠く傾向がある」

「根は善良だが、少し意地っ張りである」

など、恐ろしいように当たっているのだ。

このようなことが、わたしの実生活を見たこともないのに、「同じ図形を選べ」とか「枠の中に一杯になるようにAを書け」とか「この模様は何に見えるか」といった問題の答えを見るだけで判定できるとはとても思えない。姓名判断か、生年月日によって判断しているに違いないと思う。

わたしが試験官なら、このような性格の人間はドライバーには不適当、として落とすところだが、不思議なことに失格にはならなかった。わたしの知り合いで車を運転している者の中には、ドライバーとして不適当な性格の持ち主が多く（ほとんどがそうだ）、どうしてこういう連中が免許を取れたのかと不思議に思っていたが、適性検査がこれだけ甘いのだから無理もない話だ。こういう連中が免許を取れないように、もっと厳しくできないのだろうか。わたしは甘すぎる判定に心をいためつつ、スキップして次の教室に向かった。

学科の教室に入ってみると、生徒の十人に一人は暴走族風の服装をしている（こういう服装をしている者は無条件で失格にしてほしいものだ）。残りのうち四人は見るからに反射神経が鈍そうだし、二人は貧乏で教習料が払えず、二人は免許を取る年齢に達しておらず、残る一人は免許を取る年齢を過ぎている。とにかく、運転に不向きな者を探して集めてきたように見える。

学科については、当初わたしは軽く見ていたのだが、これも想像していたのとは違っていた。講義を受けてはじめて分かったが、教えられることはすべて、自分の安全のためにも他人の安全のためにも非常に重要なことばかりである。人命にかかわる重要性をもっているのだ。それなのに、生徒の中には居眠りしている者がおり、こんなに大切なこと（たとえば、広い路側帯に駐車するとき〇・七五メートル以上の余地をあけておかなければならないなど）をどうして聴かないのかと腹立たしく思う。哲学の授業とはわけが違うのだ。運転できるようになったらひき殺したろうか、とさえ思う。こういう連中は、運転中にだって居眠りするに決まっているのだ。

幸い、教官は居眠りに対して厳しく注意しており、わたしは思わず心の中で拍手を送った。実際、注意にとどまらず、退学処分にしてもいいくらいだ。どうせ居眠りしてよいときと悪いときの区別がつかない幼児のような連中である。わたしのように、授業中ビデオを見せられる時間に居眠りするだけの分別もないのだ。

教官はテキ屋風、牧師風、サンショウウオ風、中華風など、さまざまだったが、教え方は例外なく見事で、非常に説得力がある（わたしの授業とは対照的である）。たとえば交通事故の死者は年間一万一千人であるという。そんなものか、と何気なく聞いていると、一日あたり三十人死んでいること、誘拐《ゆうかい》殺人などで一人殺されても新聞などで大騒ぎすることを、すかさず指摘し、ことの重大さに気づかせるのだ。

さらには、ひき逃げをしても九七パーセントが捕まることも知った（「三パーセントも逃げられるのか」と思う者がいないことを祈ったが）。

全般的には、運転は簡単などころか、非常に恐ろしいことだということが理路整然かつじゅんじゅんと説かれ、しまいには運転するのは犯罪行為だとさえ思えてきたほどだ。

とにかく説得力のある授業だったが、ただ、ある教官が、

「この頃は若い人が増えてきましたから、若い命を落とさないようにしてください」

といったのが気になった。年寄りの命は落としてもいいのかといいたい。残りわずかの命だから惜しくない、と考えているのだろうが、しかし残りわずかだからこそ惜しいということもあるのではないか。たとえば、ケーキを食べているとき、最後の一口を床に落としてしまったという場合など、非常に口惜《くや》しいのではなかろうか。はじめからケーキをもらわなければ口惜しくも何ともないのだ。

それを除けば非常に有益な授業だった。このように有益なことを教えてくれるのに、三十時間ほどで終わりにするのはもったいない話だ。できれば卒業せず、何年も聴講しつづけたいほどである。わたしは、後から入ってくる人たちのために卒業したが、他の人は卒業しないで、わたしの分まで有意義な勉強を続けてほしいと思う。

学科で学習する量は多く、限界にきていると思う。標識だけで百六十種類あり、道路の標

示も六十種類ある。将来は、車が改良されるだろうから、技能は簡単になっていくだろうが、学科はさらに複雑になるだろう。だれも修了できなくなる日は遠くない。

「通学通園バスの側方を通過するときは徐行する」という規則は、昔、バスが発明されていなかったころは存在しなかった。「バス停留所の標示板から一〇メートル以内は駐停車禁止である」という規則は、昔、標示板が発明されていなかったころは存在しなかった。消防署、火災報知器、路面電車、高速道路、交差点の信号などがなかったころは、学科も簡単だったに違いない。自動車もなかったらもっと簡単だったろう。今後、このような施設やさまざまな種類の道路が作られ、新しい乗り物が増えてくると、それに対応する規則が必要になり、どんどん複雑になってしまうのだ。

現行の規則に従うのも簡単ではない。たとえば車線を変更するときは、まずミラーと直視によって後方を見て安全を確認してから、ウインカーを車線変更の三秒前に出し、三秒後に再び後方をミラーと直視によって確認してから、静かにハンドルを切らねばならない。これだけのことをきちんとやったら、運転する余裕はなくなるはずである。

これがきちんと実行できないようなら、車線変更をしなくてもすむよう、車線が一本しかない道を選ぶしかない。だが、この場合も右折、左折が必要になる。左折の方がやさしいが、これも三〇メートル手前から合図を出すことが道路交通法で決まっている。しかるのちに、道路の左端を通る二輪車、三輪車、ラクダなどに注意し、横断歩道をわたる歩行者やアルマジロなどに注意しなくてはならない。信号の変わり目はとくにやっかいだ。信号が黄色になったときなど、時速四〇キロで走行していて、かつ後続車が一〇メートル以内にいれば、停止せず、速やかに交差点を渡らなくてはならない。そのほか、救急車が来たときとか、道路が工事中である、交差点の真ん中に牛が寝そべっている、UFOが目の前に着陸したなど、やっかいなことは限りなくある。

だから車線が一本しかない、というだけでなく、交差点のない道でないと安心できない。右折、左折なしで直進のみで到着できる目的地で、しかも通行する道路に交差する道がすべて通行止になっている状況で、その上、歩行者やアルマジロなどが通っていないような、暴風雨の午前四時ころに運転する以外にはない。

技能教習については、よく教官とのトラブルが話題になるが、わたしの場合は案じるほどのことはなかった。もちろん教官だって人間だから、腹が立つこともあるだろう。

「ほらほら、さっきもいったように、ハンドルは切りすぎると危ないですよ。アクセル踏んでもいいですよ」

とムリヤリ丁寧《ていねい》な表現を使っているが、その意味は、

「何回いえば分かるんだ。ハンドルの切りすぎだろうが。ハンドルを戻したら、さっさと行かんか、この馬鹿」

であることがよく分かる。しかし、無理にでも丁寧にいおうとする姿勢が尊いではないか。

実技の教官には中高年の男が多い。中高年の男といえば、そうでなくても嫌われる存在である（わたしがそうだから断言できる）。家族にさえ嫌われているのだ。その上に尊大になる年である（わたしがそうだから断言できる）。隔離されていないのがおかしいほどだ。そういう男と狭い空間の中で二人きりになり、しかもその男が絶対に逆らえない強い立場に立っているのだ。感じのよかろうはずがない（狭い空間の中で二人きりになるのなら、女の教官と一緒になるに越したことはない。もっと女の教官を増やし、さらに、できれば、写真で指名できるようにはならないのだろうか。そうなったら、その教官の運転技術などどうでもよい。免許をもっている必要さえない。こちらが教えてもいい）。

その上、教官の目的は生徒から自信を奪うことである。生徒が運転の恐ろしさを学ぶことによって、免許を取っても運転せず、できれば、免許を取って数年たって運転の怖さを忘れたころ、ペーパードライバー用のコースを受けにくることを狙《ねら》っているのだ。これで感じがよかったら奇跡であろう。

このような逆境の中にあることを考えれば、中高年の男の教官は精一杯の努力をしていたと思う。だから教官とケンカをしたという話をよく聞くが、そんな人ははじめからケンカ腰で臨んでいるか、日頃そういう目にあったことがないとしか思えない。実際、教官はもっと厳しくてもよいとさえ思う。免許を取れないほど厳しくてもよい。車の運転は簡単なものではないのだ。そうでなくても今は道路が車で一杯になりすぎている。免許を厳しくしてドライバーを減らせば、道路は空《す》き、事故は減り、気持ちよくスピードを出せるようになるはずだ。

学科教習も技能教習も予想していたのとはかなり違っていたが、試験はもっと意外だった。こんなにすんなりいくとは思っていなかったのだ。こんなことで免許が取れるなら、ネコでも簡単に取れるのではないかと思ったほどだ。

ただミスをしたといえば、学科試験で二問ほど間違えた程度である。それも、わたしにいわせれば、問題があいまいなことに責任がある。どの問題も、「正しいか誤っているかをマークせよ」というものだが、たとえば次のような種類の問題文がある。

原付免許でミニカーを運転した。

この文の「正誤」ということで意図されているのは、この行為が法律にかなっているかどうかということである（その意味なら、答えは「誤」である）。しかし普通、この文の「正誤」といえば、だれか原付免許をもった人がミニカーを運転したということが事実かどうかを問うていると解されるのではなかろうか（その場合には、答えは「そんなこと知るか」であろう)。

次のような問題になるとさらにあいまいである。

長さ一〇メートルの普通貨物自動車に一メートル後ろにはみ出す荷物を積んで運転した。

そのような荷物を積むためには許可が必要である。しかし問題文を見るかぎり、許可を得て運転しているのかどうか不明である。ただ「積んで運転した」というだけでは、ハンドルを足で操作しているかどうかが不明なのと同じである。

出題意図が不明な問題もある。たとえば次のような問題文がある。

軌道敷内は原則として通行してはいけないが、危険防止のためやむをえない場合は通行できる。

この問題の正解は、「正」である。「やむをえない」ということは、「他に選びようがない」ということだから、それを禁止するのは、「食べたものを消化してはいけない」という禁止と同じで、意味がない。だからこの種の問題は法律を知らなくても、国語力だけで簡単に解くことができる。何のために国語力をためすのか意図がよくわからないが、もしかしたら問題文が読めているかどうかをみているのかもしれない。

また、

停止距離とは、空走距離と制動距離を合わせた距離のことである。

という問題も、専門用語の意味を問う国語的問題である。どうしてことばの問題が運転と関係があるのか不可解だが、おそらく、学科教習のときに居眠りをしていたかどうかを試しているのだろう。

学科試験にはこのような問題点があり、全問正解というのは無理である。わたしも学科試験でミスをしたが、それを別にすれば、すんなり合格したといえる。

たしかに仮免の実技試験で一度落ちたではないかといわれればその通りだが、どうして落ちたのか、いまだに理解できない。実技試験のとき、縦列駐車で切り返しを二回やったのが減点だというが、なぜこれが減点の対象になるのだろうか（三回やっていたら失格になっていたという）。何回切り返しても縦列駐車できれば実際上は問題ないはずだ。それに切り返しができる（しかも二回も）ことを評価する視点もあっていいのではなかろうか。

その試験では、わたしがクランクコースで縁石に乗り上げたことも減点の対象になったようだが、東京タワーに乗り上げたわけではあるまいし、そんなことで大騒ぎするような人間にはなりたくないと思う。縁石というものは車が乗り上げてもいいように石で作ってあるのだ。

その試験でそれ以外に問題があったといえば、シートベルトをかけ忘れていたことくらいだ。たしかにシートベルトをしなかったのは不注意だったかもしれないが、余分にもう一時間教習を受ければ直る、という性質のものではあるまい。

それ以外では完璧だったと思う。とくに車の乗り降りは完璧にやった自信がある。運転する態度も紳士的だったと思う。しかし結局その試験は不合格に終わってしまった。それ以来、わたしは試験が技能にかたよりすぎているのではないかと感じている。

試験には若干の不満が残ったが、風薫《かお》る五月の初めに出所したときには、多くを学んだ充実感と、刑務所から出たような解放感に全身が満たされていた。

それから二年以上たち、学んだことはすべて忘れてしまった。免許を取って以来、わたしは一回も車を運転していない。これが教習所に通った何よりの成果かもしれない。

第十一章

効率的な無駄の作り方

本格的な情報化時代の幕開けが訪れた。

会社や大学の内部にもネットワークが張られ、

「ちょっと、そこの書類をとってくれ」

と叫んで書類を投げてもらうという今までの野蛮で簡便なやり方に代わって、書類を送信してほしいというメッセージをパソコンに打ち込むと、相手が書類をスキャナーにかけ、それを文字データに変換して送信してくる、という洗練された煩雑なやり方が採用されつつある。

インターネットの普及ぶりにはさらに目を見張るものがある。インターネットは急速に進歩しており、数年先を予想するのも困難であるが、無限の可能性（インターネットが消滅するという可能性も含む）を秘めていることはたしかだ。

インターネットのおかげで情報の発信が簡単にできるようになり、それまで情報に縁のなかった数千万という世界中の人々が情報を発信する喜び、その中にデタラメを混ぜる喜びを見出して、勝手に情報を発信し始めている。

情報を手に入れるのも飛躍的に簡単になった。わざわざ現地に行って情報を収集する必要はない。狭苦しい自宅から一歩も出ることなく情報が得られるのだ。顔を見せる必要も、卑屈な思いをする必要も、盗み出す必要もない。

インターネットでは、本当に知りたい情報（どうすれば仕事をしないですませられるか、どうすれば哲学の問題を簡単に解くことができるかなど）はないものの、たいていの情報は手に入る。殺人の仕方や原爆の作り方の情報だって手に入るのだ。

かりに原爆の作り方を知りたいと思ったとしよう。これまでだったら、どこへ行けばその情報が手に入るのかということから調べなくてはならず、大変な苦労をする覚悟が必要である。情報の持ち主は、たいてい官僚または官僚的であるから、情報をもらうのに忍耐力もいる。おそらく、次のような経験をすることになるだろう。

「すみません」

「今ちょっと忙しいんですよ。今日の受け付けの時間はそろそろ終わりだし」

「まだあと三十分はあるでしょう」

「話をしているうちに三十分くらいすぐにたちますよ。五十になって以来、時間は早くたつ一方だ。五時きっかりに帰りたいし」

「こっちも時間の余裕があるわけじゃないんです。お願いします」

「仕方がないな。じゃあ、そこの来館者名簿に名前を書いて下さい」

「書きました」

「それで、用件は何ですか」

「実は原爆の作り方を知りたいんですが」

「なぜ知りたいんですか」

「ただの好奇心からです」

「好奇心ということは、何の目的もなしに、ただ知りたいだけ、ということですか」

「そうです」

「それは困りますねえ。なぜ原爆の作り方を知りたいか、理由がないんじゃ、ちょっとねえ」

「なぜ理由がなくちゃいけないんですか。何をするにも理由があるとは限らないでしょう」

「しかし何の理由もなく家を建てる人がいますか。だれかがそこに住むから建てるんでしょう。とにかく、原爆の作り方を知りたければ、書類を出してもらう必要があります。その書類には利用目的を記入する欄があって、これに理由を記入してもらわないと情報は出せません。規則ですから。テロに使うとか、戦争に使うとか、ちゃんとした理由はないんですか」

「そんな理由でも書けば認められるんですか」

「もちろんそれだけではだめです。他に記入しなくてはならない項目もあります。生年月日を何時何分の単位まで記入してもらう項目もあります。そのほか、『原爆』をサンスクリット語で何というかとか、〈げんぱくなすびのイガイガドン〉という歌詞の意味を書けなどの項目もあります。全部で百項目の質問に記入してもらいます。書類は十三ページになります。もちろん、提出しても審査に合格しなくてはなりません」

「そ、そんなに大変な書類なんですか。審査にはどれくらいかかりますか」

「混み具合によりますが、うまくいけば一ヵ月くらいなもんでしょう。もちろんそれで終わりじゃありませんよ」

「まだあるんですか」

「当然ですよ。今いったのは一次審査だから。全部で五次審査まであります。それ以外には素行調査とか、身元引受人の身辺調査くらいです」

「そんなに大変なんですか。仕方がない。とにかく申し込んでみます。申請書類を下さい」

「それならまず、書類を請求する申込書を提出してもらわなくてはなりません」

「そんなものもいるんですか。ではその申込書の用紙を下さい」

「残念ですが、もう五時だ。本日の受け付けは終了しました。今日は申込書は出せないから、出直して来て下さい。そのとき印鑑証明と戸籍謄本《とうほん》が必要ですからね」

情報を得ようと思えばこのような扱いに耐えなくてはならなかったのだ。それが今では、鼻歌を歌いながら勝手に入手することができるようになったのである。

情報の入手が簡単になりつつあるのは、学問の分野でも同じである。これまでは、調べものをするのは、しばしば一日仕事だった。一時間以上かけて図書館に出かけていき（十回に一回は休館日である）、長時間かけてカードを調べ、求めていた本があれば幸運である。さらにその本をだれも借りていないという幸運に恵まれたら（五回に一回は貸出中である）借り出してコピーをとる。

「便利な時代に生まれてよかった。昔は筆写していたんだ」

と思いながらコピーをとり終えると、それまでの疲れで眠り込んでしまったものだ。

これらの手間がすべて不要になる日が近づいているのである。

しかし、これには重大な弊害がある。情報が簡単に手に入るようになると、情報を得るために費やしていた時間は純粋に思考活動にまわさなくてはならなくなるのだ。情報にたどりつくまでの作業は、研究ではない。にもかかわらず、研究に従事しているかのような錯覚がえられるものである。ちょうど、鉛筆を削るだけで、宿題の作文を書いた気になるのと同じである。実際には資料を入手したにすぎないのに、一仕事終えたようなつもりになって満足感をおぼえ、この満足感のおかげで、探し当てた本はたいてい読まずにすませることもできたのである。

人間の活動の九割はこのような錯覚によって支えられている。図書館への行き帰りに喫茶店に入ってスポーツ新聞を読むのを研究の一環だと考えたり、図書館にいれば居眠りしても週刊誌を読んでも研究しているんだと思い込んだり、仕事がはかどらないのを資料のせいにするなど、錯覚の中で安心を得ているのだ。錯覚を奪われたら、およそごまかしというものが成り立たなくなるのだ。ごまかしなしで生きていける人間がいるだろうか。いたとしてもせいぜい一万人のうち八千人くらいのものだろう。

わたしは、この宇宙では「人間の活動の一部または全部は、無駄な活動でなくてはならない」という法則(「無駄不滅の法則」)が支配していると思っており、すべての無駄を省くという、宇宙の摂理に反したことが起こるはずがない、と確信している。しかしその確信も、情報化の進展を目の当たりにしてゆらいできた。

情報化が進むと無駄なことが本当に消滅してしまうかもしれない。そして最後には、わたしの研究もわたし自身も、無駄であることが露見して消滅してしまうかもしれない。悪くすると、わたしが一番最初に消滅するかもしれない。こう考えていた矢先のことだった。わたしはパソコンに、ハードディスクを増設しようと思い、パソコンとハードディスクをつなぐインターフェースボードという板状の電子部品(以下、「ボード」と呼ぶ)を買った。これによってわたしの研究は飛躍的に効率的になるはずだった。

しかし、そうはいかなかった。普通、商品というものは、包装を解いて、コンセントに差し込むか、焼くか煮るかすると、動くなり、食べられるようになるなり、購入した目的を果たす状態になるものである。だが、買ったボードは違った。

パソコンの中を開け、マニュアルに従ってボードをパソコンに差し込むところまではうまくいった。しかしここからが苦難のはじまりだった。マニュアル通りに設定し、スイッチを入れてもまったく作動しないのだ。ボードを差し込む前とくらべてまったく変化がない。差し込む前と違うのは、エラーの表示が出ることくらいである。

わたしは何度もやり直してみた。マニュアルを誤解しているのかもしれないと思って、マニュアルを何度も読み返し、二つの意味にとれる箇所は、それぞれの意味に解釈して試してみた。しかしいくらやっても結果は変わらない。

メーカーのサービス係に電話をかけてみたが、ずっと話中で、いくらかけてもつながらない。ひょっとしたら、このメーカーは無茶苦茶なボードを作って売り、後は電話を外したままにしておく、という商売をやっているのかもしれないという気がしてくる。

二日間ずっとかけ続け、三日目になってようやくつながったときは、奇跡が起きたような気がして、相手が神様のように思えた。

電話では当然、専門的な会話に終始することになる。ふだん使っている日常語は、サンマを買ったり、相手の悪口をいったりするために作られたことばである。そんなことばを使ってパソコン内部の細かい話ができるはずがない。

メーカーの相談係「どういう症状でしょうか」

わたし「ボードを差し込んでパソコンの電源を入れると、〈このボードが作動できるような状態ではない〉といった意味のことを英語で表示するんです。どういうことなんですか」

「ボードのBIOSが作動する環境が整ってないということでしょう」

「環境が整っていないといわれても……。思い当たるところがないんですがね。パソコンを置いている部屋はつい三ヵ月前に掃除したばかりだし、まさか、わたしがパソコンの前に座っているのが環境を壊しているというんじゃないでしょうね」

「そんなことじゃなくて、主として、リソースに問題があるということだと思います。お宅の場合、リソースが競合している可能性が考えられますね」

「ソースの競合なんて馬鹿なことはないはずです。うちはずっとブルドック一本でやってきたんだ。考えてみると、たしかに子供のころはタテソースを使ったこともあるけど、でもそんなことが競合になるんですか」

「ソースじゃなくてリソースです。つまり、IOポートアドレスやIRQやDMAなどのことです。IRQとDMAは調べてみましたか」

「IRAなら、調べるまでもなく、テロを再開したことはだれでも知っているんじゃないんですか。DNAについては、分子生物学者じゃないんだから、調べられるわけがないでしょう」

「わたしがいったのはIRQとDMAのことなんですが……。ウィンドウズを起動して、デバイス・マネージャーを使えばIRQとDMAは調べられます。デバイス・マネージャーの中から各デバイスのプロパティを見ればいいんです」

「えっ、クロマティが関係あるんですか」

「いえプロパティです」

「なーんだ、そうか、プロパティね。どうも変だと思った。要するにデバイス・マネージャーでデバイスのプロパティを調べろ、ということですね」

「その通りです」

「それならよく分かります。なるほどいわれてみればその通りだ。どうしてこんな簡単なことに今まで気がつかなかったんだろう。早速調べてみます」

こういって電話を切った後、わたしは早速調べた。「デバイス・マネージャー」とか「プロパティ」というのが一体何のことなのかを。

このような専門的な電話のやりとりを数回重ねたほかにも、ファックスを通じて五ページに及ぶ調査書を送った。ボードには気を送ってみた。

それ以外にも、既設のボードを外してみたり、問題のボードを色々な角度から観察して、食べ物のカスがついていないか、エノキダケなどがはえていないかを調べ、色々な角度からパソコンを叩いてみたりもした。

結局らちがあかず、メーカーにボードを送って検査してもらった。その結果は「ボードは異常なし」というものだった。

しかし現実には、このボードは明らかにわたしのパソコンでは異常を示しているのだ。メーカーがウソをついている可能性も考えてみたが、電話で応対した相談係は明らかにわたしよりも誠実そうだった（たいていの人はそうである）から、ウソではなさそうだ。考えられる可能性はわずかである。
①わたしのパソコンが異常である。
②わたしが異常である。
③わたしの家庭環境が異常である。
④エラーの表示を出す以外何もしない、というのがこのボードの正常な状態である。
相談係はこういった。

「結局パソコンとボードの相性が悪いということでしょう」

これが二週間の悪戦苦闘の末にたどりついた結論である。しかし共通規格通りに作られたはずの精密機器が「相性が悪い」といったあいまいな説明ですむのだろうか。「相性が悪い」という表現は主として男女の間で使われる表現である。男女の間なら、どうせうまくいかないのだから、原因を何といおうと大した問題ではない。しかし精密機器にはもっと精密な理由があるべきではないか。

最終的には、種類の違うボードに取り替えてもらうことになったが、結局、作動しないボードのために二週間振り回されたわけである。何もしない一枚のボードがこれほど大きい働きをするとは知らなかった。

無駄になった二週間をふりかえりながら、考えた。こういう無駄はいたるところにある。ソフトが急に動かなくなったり、ファイルが消滅したりして、何時間も無駄な時間を費やすのはしょっちゅうである。それに、そもそもインターネットが壮大な無駄なのかもしれない。実際、大部分の人にとってインターネットは絶好の時間つぶしの手段なのだ。

インターネットは無数のチャンネルをもつテレビのようなものである。現在のテレビ・チャンネルの中でさえ、教育テレビを選ぶ人はほとんどいないのだ。無数のチャンネルがあったら、有意義なところを見て満足するわけがない。面白くて無駄な情報ばかりあさるに決まっている。

実際、インターネットが無駄な情報であふれているからこそ、ここまで普及しているのである。最新技術を駆使して効率的に無駄を作っているのだ。

ボードが正常に動いていたとしても、無駄に過したあの二週間はより効率的に無駄になっていたに違いない。

どんなに情報化が進んでも無駄な部分は絶対になくならないことを確信して、わたしは胸をなでおろした。

第十二章

卒業はいかにしてなされるか

今年ももうすぐ卒業式のシーズンである。卒業式まであと五ヵ月しかない。

苦労して教えて来た学生たちと別れるときが来るのだ。別れはつらいが、教師の立場からいえば、それ以上に、ほっと胸をなでおろすような安堵感《あんどかん》を味わうものである。大学を出て行くのがわたしでなくて学生の方であるという事実ほど、心安まるものはない。

所定の単位を取得しさえすれば卒業したことになるが、人生の重要な節目であるから、儀式によって卒業したという事実を厳重に確認する必要がある。儀式の主な目的は、結婚式や葬式と同じく、後もどりできないようにすることである。わたしの勤務する大学では、卒業に関する儀式として予餞会《よせんかい》、卒業式、謝恩会があり、後もどりできないことを三重に確認している。

一、予餞会

予餞会というのは、在学生と教官が卒業生を送る会であり、追い出しコンパともいう。教官ははなむけのことばを贈り、社会に出るにあたってのアドバイスをすることになっている。そういうアドバイスならこちらが聞きたいほどだが、教師という立場上、無理にでもアドバイスしなくてはならない。

「卒業おめでとうございます。こういう場合には〈おめでとう〉ということばが安易に使われます。わたしもこれまで、儀礼的に軽々しく使ってきました。しかし今年は違います。こころからおめでとうといいたいのです。それくらいうれしくてたまりません。

皆さんを送り出そうとしてここに来ている在学生の人たちもわたしと同じように、ちょうど台風一過といいますか、長年苦しんでいた病気がやっと治った、という心境でいることと思います。

しかしわたしの気持ちはそのような喜び一色というよりも複雑です。説明しにくいのをあえて説明すると、ちょうど手に負えない娘を嫁にやる父親のようにほっとした、せいせいした、後は野となれ山となれ、といった心境です。

わたしの今の気持ちは、皆さんが卒論を出したときの気持ちに似ている、といえば分かってもらえるでしょう。皆さんは、〈こんなものが論文と呼べるか〉と自分で疑いつつも、〈ここで出さなければあと一年苦しみが続くだけだ〉、と考えて破れかぶれで卒論を出したと思います。それと同じように、われわれも皆さんを破れかぶれで社会に送りだそうとしているのです。

皆さんのためになるかもしれないアドバイスを一つさせていただきますと、皆さんは有名企業に就職されるわけですが、これはたとえていえば、タチの悪い女が何も知らない男と結婚しようとしているようなものです。こんな男に展望がないのと同じく、皆さんが入る会社にも未来はありません。ですからもしその会社の株をもっているならすぐに売り、皆さんを就職試験で落とした会社の株を買うことをお勧めします。本来なら、皆さんを採用するような会社には入ってはいけないところです。結婚にしても、皆さんを妻に選ぶような、判断力に問題がある男と結婚してはいけません。

長くなりましたが、お祝いのことばとさせていただきます」

二、卒業式

卒業式には、普通の教官は出席してもしなくてもよいのだが、学科主任にあたっている教官は出席しなくてはならない。わたしは五年ほど前、学科主任として卒業式に出席した。

主任の役割は、①壇上の席に座る、②自分の学科の卒業生の名が読み上げられるあいだ起立している、の二点である。この大役を果たす緊張で、卒業式の朝は目がさめたときから身が引き締まる思いがしたものだ。

卒業生は九割がた、ピンクまたは矢がすりの着物に紺色（えんじ色だったかもしれない）の袴《はかま》（ズボンだったかもしれない）といういでたちである。ふだんのジーンズやスカート姿からみると、まるで別人のようだ。変われば変わるものだ、と一人の学生を壇上から感心して見ていたら、本当に人違いだった。

式は、ピアノ演奏に始まり、続いて校歌が斉唱される。わたしの大学の校歌は、

みがかずば玉も鏡もなにかせん。学びの道もかくこそありけれ。


と、きわめて簡潔である。美辞麗句もなければ勇ましいことばもない。大学名さえ入っていないのだ。意味は一読して明らかであるから、解説は不要だろう。「玉」と「鏡」と「学びの道」と「かくこそ」についての歌である。

ピアノ演奏も校歌斉唱も短いため、ダレる間もないまま厳粛な雰囲気を維持して式は進行して、卒業証書授与に移り、卒業生の名前が読み上げられていく。その間、壇上にじっと座っているのは、思ったより大変なことだった。

わたしは幼いころから落ち着きのない子だった。小学校の入学式のときは、式の間じゅう帽子をいじっていて、後で父親にいやというほど叱《しか》られたものだ。それ以来、帽子の研究には興味を失ったが、じっとしていることは依然として苦手である。

しかも、二階は父兄で満員である。父兄に、

「うちの子はあんな教師のところに四年間いたのか」

と思われないようにしなくてはならない。偉大な学者に見えるような顔を作ろうとするのだが、どんな顔をしたら偉大な学者に見えるのか、見当がつかない。こういうときだけ一時的に装おうとしても、所詮は付け焼き刃である。やはりふだんから実力をたくわえておくしかない、と反省し、偉大な学者に見える顔を作る練習をふだんからしておこうと決心する。

わたしの学科の卒業生の名前が読み上げられるときは、威儀をただして学部長の横に立ったが、このときは、学部長より偉く見えないよう調節するのに苦労した。

卒業証書の授与が終わると、「仰げば尊し」が荘重かつ形式的に歌われる。ちょうど小学生が「君が代」を意味も分からずに歌っているのと同じである。卒業生の中には形式的に涙を流している者もいる。

考えてみれば、最初からほとんど音楽ばかりである。式の半分は音楽だといっていい。どんな式典でも必ず音楽が使われるが、「仰げば尊し」が涙をさそうように、音楽の効果は絶大である。もし音楽がなかったら、立会演説会か、商品の説明販売会と見分けがつかないところである。

音楽のおかげで会場の空気がしんみりしたものになったところで学長告辞がある。学長が社会に出る心構えをじゅんじゅんと説くのである。聴いていると、

「そうか、こういう心構えをしていなかったから、今までうまくいかなかったのか」

といちいち反省させられることばかりだ。貴重な話を聴きながら、退屈しのぎに会場を観

察した。全員が真剣な面持ちで耳を傾けている。いずれ忘れるにしてもいい心掛けだ。それはそうと、あの学生はどこにいるだろうか。老けて見えるため入学式のとき父兄席に案内された学生だ。そのときから四年たった今、どこに座らされただろうか。父兄席を探してみたが見当たらない。どこかの養老院に収容されたかもしれない。

探しているうちに学長告辞は終わり、卒業生の謝辞、「蛍の光」斉唱、ピアノ演奏、と続いて卒業式はあっさり終了した。全部で一時間ほどである。時間は短かったが、久しぶりに粛然とした雰囲気にひたることができた。こんなに粛然とした気分になったのは、妻に金の使い方を厳しく注意されたとき以来だ。

式が終わってしばらくすると、会場の外に卒業生が出て、あちこちで写真撮影が始まる。一生に一度の晴れ姿を写真に残しておきたいのだろう。それに同級生や教官と写真をとるのも最後の機会だ。わたしが歩いて帰ろうとしていると、背後から黄色い声で、

「せんせーっ、いっしょに写真をとってくださーい」

と、同僚が呼び止められている。同僚がちやほやされているのを、

「なんてミーハーなやつらなんだ。こんな連中を教えていたのか」

とさげすみながら、用事を思い出したようなふりをして足早に歩み去る。こういうとき、

「あっ、えーと、先生もごいっしょにどうですか」

ととってつけたようにいわれるのが、一番傷つくのだ。

三、謝恩会

謝恩会は卒業生が感謝の意を表するために自発的に催す会である。謝恩会をするくらいなら、在学中に迷惑をかけないでいてくれた方がありがたいとも思うが、「お礼参り」されるよりははるかにいい。

多くの卒業生は、古風な袴姿から一転して派手なパーティ用ファッションに着替え、なかなかの壮観である。キャバクラのホステス風、高級クラブのママ風、田舎のクラブのホステス風、ゴルフクラブのバッグ風などさまざまだ。

ふだん服装には構わないわたしも、こういうときにはそれなりの服装をして臨むことにしている。黒の蝶ネクタイに黒のスーツというりゅうとした身なりで会場のホテルに着き、洗練された歩き方でホテルを数十秒も歩かないうちに、服装の効果が現われた。見知らぬ人がわたしにこういったのだ。

「菊の間に行くのはどう行けばいいんですか」

ボーイに間違われるほど、服装が板についていたのである。

謝恩会でも挨拶《あいさつ》をさせられる。

「今日はみなさんおきれいで、まるで別人のようです。しかし〈別人のようにきれい〉というと、本人はきれいでない、といっているようにもとれますから、正しくは、〈本人のようにきれいだ〉といわなくてはいけないところです。こんなにきれいだと分かっていたら、留年でもしてもらって、皆さんを引き止めておきたかったところです。断言してもいいのですが、学力の点からいえば、皆さんは留年するだけの力は十分にもっているのです。皆さんはたしかに学力はなかったかもしれません。しかし実に明るい。わたしのように頭と顔がよいだけの人間と比べ、なんとさわやかなことでしょうか。どうかその明るさをいつまでも忘れないでいて下さい」

会はたいてい立食である。挨拶が終わると、着飾った卒業生と歓談のひとときを過ごす。

「やあ、きれいだな、服が。君もがんばりさえすれば、〈馬子にも衣装〉というか、〈ぬかに釘《くぎ》〉というか、あるいはむしろ〈ブタに真珠〉といったらいいのか、とにかくきれいだ、服が。どうして今まで〈破れ鍋《わなべ》にとじ蓋《ぶた》〉というか、〈毒くらわば皿まで〉みたいな服装をしていたんだ」

「先生もふだんからがんばったらどうですか。X先生なんか、毎日ネクタイを替えてらっしゃいました」

「そんなののどこがエラい。わたしは毎日靴下を替えているんだ。こういう目立たないところでおしゃれをするのが本当のおしゃれなのだ」

「そういうのはおしゃれとはいいません。自慢するだけ良識を疑われますよ。自慢しなくても先生の場合は疑われていますけど」

「靴下だけじゃない。下着も毎日替えている」

「同じことです」

「ところで君は美術史専攻だったな。卒業したらどうするんだ」

「大学院にいきます。先生も口頭試問のときいらしたでしょう。眠っていたんですか」

「いやあ、君は落ちたと思ってたんだ」

「そんなーっ。冗談になりませんよ」

「いや、そうだった。君の場合、冗談にならなかったな。悪かった。こういいかえよう。君はたしか合格したんだったよな。これなら冗談になるだろう」

「やめて下さいよ。不安になってきたじゃありませんか」

その不安を原動力にして努力してくれればいいのだが、そんな親心が通じたかどうか。歓談は色々な学生と行なう。そばにいた別の学生にわたしはいった。

「君は就職だね」

「はい、富士通です」

「それはよかった。君にぴったりじゃないか。富士通運という運送会社で力仕事をする、まさに適材適所だ」

「違います。あの有名な富士通です」

「そこにも力仕事はあるだろう」

「わたしは事務系です」

「ほう、最近は事務系が力仕事するようになったのか」

「最近は大学教師がいじわるなことをいうようになったんですか」

「わたしはただ、君の能力が有効に使われることを願っているだけだ」

「それはそうと、わたしが受験した別の会社で、指導教官はどんな人か、ときかれました」

「指導教官といえばわたしじゃないか。それで何と答えた」

「変わった人だと答えました」

「それしかいうことがないのか。たしかにわたしは上品かもしれないが、上品であることがそんなに変わったことなのか」

「その会社に落ちた理由が分かったような気がします」

＊＊＊

卒業に関する最大の疑問は、どうして卒業を祝うのかということだ。落第しなくてすんだことを祝っているのかもしれないが、学問から離れることがそんなに祝福すべきことなのだろうか。学問の道は遠く、短期間では絶対にものにならない。わずか四年間ではほんの入り口を見た程度である。卒業して学問から離れるのを悲しんでもよいのではないか。

現にキルケゴールは十七歳でコペンハーゲン大学に入学し、二十八歳で学位をとるまで十一年間在学した。アリストテレスにいたっては、十七歳でプラトンの学校に入り、プラトンが死ぬまでの二十年間、学校で勉強した。プラトンがもっと長生きしていたら、いつまでも学校にいただろう。

これが学問を愛する者の態度なのだ。わたしの学生たちも、入学したときは、あれほど喜んだではないか。入学したときは学問に触れることがうれしかったのではないのか。学問に触れるのがそんなにうれしかったのなら、どうして学問から遠ざかるのを喜ぶのか。そんなに卒業したいのなら、どうして入学してきたのか。

なぜ卒業のときに「おめでとう」というのか、どう考えても不可解である。結局、「おめでとう」といわれる場合を、次のように分類するほかないと思う。

①何かを成し遂げたとき（出産、優勝など）
②何事も起こらなかったとき（正月、還暦、誕生日など）
③不幸への第一歩を踏み出したとき（結婚など）
④卒業したとき

【付録】滞英往復書簡録

滞英往復書簡録へのまえがき

一九九四年九月から十ヵ月間、わたしはイギリスのケンブリッジに研修で滞在していた。渡英して三ヵ月ほどたったころ、佐藤と名乗る人からの手紙がケンブリッジに転送されてきた。それがきっかけで、何回か手紙のやりとりが続いた。

わたしは筆まめな方ではない。本をいただいたときなど、礼状を書くのが遅れ、半年後に速達で出したりしているのだ。そのわたしがこのように長い手紙を何通も書いたのは、後にも先にも、このときだけである。日本語の読み書きに飢えていたこともあったかもしれないが、読んでいただけば分かるように、成り行き上、途中でやめるわけにはいかなくなってしまったのである。

以下に収録するのは、そのときの往復書簡である。こういうものを発表するつもりはまったくなかった。わたしは私的なものをさらけだすのは好まない。あくまで他人にはふせておこうと思っていた。しかしケンブリッジにいたわたしの知り合いの男が「何でもいいから日本語のものを読みたい」と切望する顔つきを浮かべているのが分かったので、ついコピーを渡してしまった。渡しても読むとはかぎらないし、読んでも理解するとはかぎらない、とたかをくっていたのである。しばらくしてその男からきいた感想は、「いい年をしてこんな手紙を書いているのか。こんな日本語なら読まなければよかった」というさげすみの気持を婉曲に表現したものだった。それをきいたわたしは憤慨した。これでは佐藤氏があまりにかわいそうではないか。そのうえ、この男の感想から知られるように、わたしが書いた部分を読みもしないで批判しているのだ。

失望したわたしは、二度と他人の目にはさらすまいと決心した。帰国後、知り合いの編集者と話していたとき、編集者が「何か書簡集を読みたい」という表情をうかべているのにわたしは気づいた。一言もいっていないのに、どうして書簡集のことが分かったのだろう、と編集者の透視能力に驚きながら、わたしは、そのとき偶然もっていた書簡集のコピーを手渡した。もちろんそのときも、一般に公開することだけは避けようという固い決意は変わらなかった。しばらくして、その編集者から「書簡も一緒に出版してはどうか」といわれたとき、わたしはきっぱりいった。「お願いします」と。

出版にあたり、公開をはばかられる箇所は削除した。その結果、面白い部分と格調高い部分は削除され、あとには、間違ったところ、低俗なところ、つまらないところだけが残った。しかし削除したほかは原文のままであり、虚構は一切含まれていない。佐藤氏は実在の人物であり、ケンブリッジは実在の都市、わたしも実在の人物である。

書簡を理解するためには、次の点を知っていただく必要がある。
①わたしは大学生のころ、ジャズのバンドに入ってギターを弾いていた。
②そのバンドに佐藤という一年上の先輩がいた。
③「ヴァイブ」とは、鉄琴の一種で、マレットで叩いて音を出す楽器である。
他に、文字の読み方なども知っていた方が理解しやすい。なお、カモノハシは哺乳類でありながら卵生であることを知っておくと、カモノハシ関係の本を読むとき理解しやすいであろう。

末尾に、当時わたしが研修していたケンブリッジ大学の様子を書いた短文を収録する。これは帰国後、お茶の水女子大学の広報誌に書いたものである。これによってケンブリッジ大学の様子や研修の様子が多少は分かっていただけると思う。少なくとも、広報誌にどんなことを書いたかが分かっていただけると思う。

お茶の水女子大学
文教育学部哲学科
教授　土屋賢二　様

拝啓　暮れも押し迫ってから舞い込んだ突然の手紙を訝しくお思いでしょうが、もしこの手紙の宛先の土屋先生が人違いでありましたときは、平にご容赦願いたく存じます。

わたしは東大薬学部を昭和四十一年に卒業した佐藤悦久（さとうよしひさ）で、在学当時は軽音研でジャズを少しやっていました。その時の一年後輩に、卓越したセンスを披瀝していたギタリストで土屋ケンジさんという方がいました。先日偶然にも、一緒にピアノをやっていたI氏と連絡が取れ、三十年ぶりに話を交わしましたが、その折り、土屋さんがお茶の水女子大にいるらしいとお聞きしましたので、失礼を顧みずこの手紙を差し上げる次第です。

土屋さんの記憶には無いかも知れませんが、わたしはヴァイブを担当していて、卒業と同時に資生堂に入社し、以来楽器とは疎遠になり、自然科学一本の人生を歩んでいますので、哲学を専攻されている土屋さんとは接点が持てずに、今日に至ったものと思います。

現在は民間会社に籍を置きながら、五年前から国家プロジェクトに百パーセント参加して生命系の基礎研究をやっていますが、一筋縄では行かないのが生命系の難しさです。研究のパラダイムについて哲学の立場からご教唆いただければ有り難く存じます。

ともあれ、I氏とは年明けに銀座でワインでも楽しみながらお話ししましょうということになりましたので、その時に土屋さんともぜひお会いしたいと思いますが如何でしょうか。センター試験の前にでも、夕刻にお時間の取ることの出来る日があれば幸いです。ご連絡をお待ち申し上げます。

不躾なお手紙を差し上げましたことお許し下さい。　敬具

十二月十七日　佐藤悦久

お茶の水女子大学
文教育学部哲学科
教授　土屋賢二　様

前略　いやぁー、クリビツテンギョウ（驚吃天仰）です。この手紙（第二報とします）の前にプロフェッサー土屋に出した手紙（第一報です）を土曜日に横浜中央郵便局に出しに行った帰りに、横浜そごうの書籍売場をぶらついていたら『われ笑う、ゆえにわれあり』などというふざけた題の本が平積みされていました。著者は笑う哲学者・土屋賢二。わたしがほんの十分前に恐る恐る速達を出した人と同姓同名で、しかも末尾の著者自身による略歴を見ると、お茶の水女子大教授ではありませんか。しかも本は出たばかり。奇遇とはまさにこのための言葉と思い、早速買いましたよ。

中を読んで確信しました。いまだにジャズをやっていること。かなりのミーハーであること。健康に打ち勝っていること。歯磨きが嫌いなこと。野菜が嫌いなこと。岡山出身であること。そして何も考えないで楽しく生きたいと思っていること。おまけに表紙の聖職者の顔に面影があること。これは間違いなく「あの」土屋さんしかいないと。ですから、第一報を何か通販のダイレクトメールだと思って封を切らずにほっておいたならば、必ず読んで下さい（と書いたこの第二報も読まれない可能性もありますが……）。というわけで、今度I氏ともども一緒に会いましょう。急に赤川次郎になるわけでもないので、正月あけに一日ぐらい自由になる日はあるでしょう。お好みのビーフをご馳走しますよ。付け合わせに野菜もありますが……。

昨日『われ笑う……』を二冊買い足しました。わが研究所のクリスマスパーティの景品にもぐり込ませるために（わたしはサンタクロースです）。しかも、あとから著者のサインが貰えるとのふれ込みつきで。ですから、今度お会いするときは「サイン会」にしましょう。版元の文藝春秋社でも催してくれないサイン会を、三十年ぶりの友人がやってくれるとは土屋さんの人望も厚い？

第一報にも書きましたように、わたしは練歯磨も売っている資生堂に所属していますが、今は学究一筋の生活をしていますので、お会いしたからといって奥さんに化粧品を売りつけるようなことは出来ることなら避けたいと思っています。『われ笑う……』の中に禁煙の話が書いてありましたが、わたしも七年前から禁煙をしています。ヘビースモーカー時代は、食事で口中のヤニが取れてきれいになるとタバコが旨いので、そのためだけに食事をしていたようなものですが、偶然にも禁煙に成功してから食べるものが何でも美味しくなり、十五キロも太ってしまいました。尿酸値やコレステロール値は高くなるし、中性脂肪は安全域をはるかにオーバーするしで、禁煙と喫煙のどちらが健康に打ち勝つのかわかりません。それに頭も薄くなっていますので、こんどお会いしたときお分かりになっていただけるか心配です。

とにかく早めにご連絡ください。

読後感を寄せる愛読者もまだ少ないと思いますので、わたしの読後感を。

「土屋さんの当面の敵は筒井康隆でも山下洋輔でもなくて西原理恵子だ」

草々

十二月十九日

佐藤悦久

佐藤悦久　様

拝復　お便り拝見しました。二通もいただいて言いにくいのですが、残念ながらどうも人違いのようです。たしかにわたしは本を書きましたし、岡山出身で、昔からジャズを趣味でやっています。それに佐藤悦久というバンドの先輩がいることもたしかです。しかしその人はヴァイブの担当ではありませんでした。わたしの知っている佐藤さんの役割は、司会をすることとマレットをもって立っていることでした。また、その人だったら、わたしの本を計三冊しか買わないようなけちな真似はしないで、財産をなげうってでも、四冊は買ってくれていたはずです（それだけの財産があればの話ですが）。それにたぶん、その人は文字も本も読めなかったような気がします（ひらがなは読めたかもしれません）。

わたしの知っている佐藤さんには、家に泊めていただいたこともあり、色々お世話になりました（家に泊めてもらった他にどんな世話になったのか思い出せません）。とても面白い人で、バンドのことを思い出すたびに、佐藤さんがなくなる前にもう一度会いたいものだと思っていました。その人も資生堂に就職しましたので、昨年資生堂の研究所の人に会ったとき（教え子がそこに就職したのです）、佐藤さんという人がいないか、理科系だったのでたぶん試験管などを洗う係りをしていると思う、とたずねました。その人の返事は、佐藤という名のハンサムな人はいる、ということだったので、わたしが求めている人ではないと推測されました。それに、その佐藤という人は試験管を洗う係りでもない、ということでした。とりあえず、その人によろしく伝えてもらうよう頼みましたが、そこで手掛かりは失われてしまい、残念なような、ほっとしたような気持ちになって、それきりになってしまいました。

このたび、大学の助手から連絡があり、佐藤という資生堂の人から速達が来ているということなので、もしかしたら、探していた佐藤さんが、昔貸した金を速達で返したのではないか（三十年前の借金を今さら速達で返すのもおかしいのですが、そうだとしても不思議ではないような人だったのです）と思い、すぐにこちらに送ってもらいました。しかし中には金が入っておらず、人違いのようでもあり、わたしの期待は二重に裏切られました。

しかし、記憶違いということもあります。「ヴァイブ」を担当していたと記憶しておられるのが間違いかもしれません（もしかしたら「ヴァイブ」というのはヴァイブレーターのことではありませんか？）。もう一度、本当に演奏に参加したかどうか、胸に手を当てて考えてみてください。また、同封していただいた名刺には主席研究員と書いてありましたが、本当は試験管を洗う係りではないか（「主席試験管係り」かもしれません）、調べ直してみてください。人間は、ともすれば実際よりもすぐれた自己像を描いてしまうものです（名刺まで作る人ははじめてですが）。調べた結果、もしわたしの求めている佐藤さんなら、ぜひお目にかかりたいと思います。そのときのために連絡先を書いておきます。お分かりのように現在イギリスのケンブリッジにいます。電子メールの宛て先も書いておきます。もしインターネットが使えるのなら、これが一番早いのですが、残念なことに英語かローマ字しか使えません。

たとえわたしの求めている佐藤さんではないとしても、わたしに借金したことを何かの間違いで思い出さないともかぎりません。ご連絡くだされば幸いに存じます。どちらにしても、お便りありがとうございました。よいお年をお迎えください。　敬具

十二月二十八日　土屋賢二

ケンブリッジ
土屋賢二　様

前略　日本語ワープロで書いたお手紙有り難うございます。土屋先生のご指摘の通り、どうやら人違いのようでした。失礼いたしました。二通目の手紙を出したあと、大学へ電話して土屋先生の研究室へ回してもらい、応対に出た助手のかたが女性だったので、つい親しく会話を楽しんでしまいました。その折りに、土屋先生は九月からイギリスへ行っていて来年六月まで戻らないことを知りました。そのときは「相変わらず勉強が足りなくて英国にまで単位を取りに行っているのだな、土屋さんらしい」と思ったものでした。しかし、よく考えてみるともう五十歳になっているはずで、今更勉強でもあるまいし、無名校とはいえ一応は教授の肩書きを持っているはずで、そのことにもっと早く気付くべきでした。人違いをしてしまった土屋先生は、きっと敬虔なユダヤ教徒でサバティカル制度を利用して英国に遊びに行ったのに違いありません。わたしの知っている土屋さんはコルトレーンを神様だ、というほどの宗教音痴でしたから。
　それに、お手紙を拝見して随分と食い違いのあることに気がつきました。わたしは万年床の土屋さんの下宿に転がり込んだことはありさえすれ、わたしの家に土屋さんを無賃で泊めるはずはなく、ましてわたしが面白い人などということはありえず、今も昔も全く変わらずに生真面目な人生を歩んでいます。また、わたしの知っている土屋さんは、インターネットなど手間のかかることはやるはずもなく、また日本語ワープロをケンブリッジまで持って行くなど、とても考えられない人でしたから（ひょっとするとここ一年でケンブリッジの公用語が日本語に変わった？　それと電圧が百ボルトに？）。

しかし、これも何かの縁ですので、お手紙を下さった土屋先生は哲学の教授とのことゆえに、わたしの研究に敷衍できる部分もあるかも知れないと思い、土屋先生の専門とされる哲学はなにかをぜひ知りたいと望んでいます。ましてや、学生をわが社に潜り込ませたとなると、危機管理の面からも土屋先生が帰国されたらぜひお会いしてお話を伺う必要があります。

ここからは、土屋先生とは関係ない話になってしまいますが、I氏に連絡がとれたことは前回書きました。フルートのH氏は十数年前にお会いしたときは、銀行でビッグバンドを率いていると言っていましたが、いまはジャズを続けているかどうかわかりません。後輩のG氏は気仙郡にある大学の教授で、未だに若い人をつかまえてはジャムセッションを挑んでいると聞きました。ひげもじゃらしい。おっと、あまりにも別の土屋さん関連のことを書きすぎました。ケンブリッジの土屋先生には興ざめの話でした。

さて、見ず知らずの先生にイギリスの話をするのも何ですが、今時のケンブリッジは寒いのでしょうね。一昨年わたしがケンブリッジを訪れたのは十月の半ばで、イチイの赤い実が川辺に沢山なっていました。それをアクアビッツに漬けて「抗癌酒」を造ろうかと思うほど清々しい時期で、コートもいらないほどでした。雨とか雪はどうなんでしょう。冬のロンドンの霧はもの凄く、溺死者がでると聞きましたがケンブリッジはいかがですか？　凍死しないように冬眠したほうが無難と思いますが、その判断力が残っているかが心配です。

ところで、ケンブリッジには何のために十ヵ月も行っているのですか？　やはり単位のため？　……どうやら触れてはいけないことに触れてしまったようです。

草々

一月五日

佐藤悦久

土屋賢ブリッ二様

前略　前回差し上げた手紙に重大なミスがありましたので、訂正させて下さい。気仙郡に「G氏」などいる筈もなく、「K氏」の誤りでした。

手紙を出したあと、念のために全国大学職員録で調べたところ、さすがにわたしです。すぐに間違いに気付いてこの手紙を書きました。わたしでもこんな間違いをするもんだ、と土屋さんも喜んでくれているものと思います。

おわびの「しるし」に、正月の新聞に出た資生堂の研究の歴史を紹介した広告を同封します。わが研究所のことが出ていましたので、自慢げに「しるし」を付けておきました。先ずはご連絡まで。

草々

一月九日

佐藤悦久

佐藤悦久　様

前略　お便りありがとうございました。「G氏」を「K氏」と、ご丁寧に訂正していただいて恐縮していますが、あいにく訂正しておられる部分は、お手紙の中では、最も間違いの度合が少ない部分で、他の部分と比べるとほとんど正しいと言ってもいい箇所でした。「わたしでもこんな間違いをするもんだ、と土屋さんも喜んでくれている」と思っていらっしゃるようですが、わたしとしては、どんなに末梢的な誤りでも気がつかないよりはましだと思い、かすかに希望の光を見出したような気持ちです。K氏のことよりも自分について重大な勘違いをしていないか、考えてみてください。

もしかしたら、試験管洗いの係りと想像したのは小生の誤りだったかもしれません。たぶん、新薬を実験するとき、動物で試す前に、まず佐藤さんで実験しているのではありませんか。そのために毛が薄くなっているのではありませんか。

資生堂の広告を同封していただきましたが、残念ながらその意図がよく理解できませんでした。研究所がいくつかあることはわかりましたが、資生堂は研究所を売る会社なのでしょうか。広告によると、どの研究所も、皮膚のしくみをはじめ、すべて「研究中」で、成果が出た様子がありません。そんな状態でよく製品（化粧品にしろ、研究所にしろ）を売っていられるものだと思います。また、それを堂々と広告する会社というのは何を考えているのでしょうか（佐藤さんをとるくらいだから、常識をこえていることはたしかです）。さらにそれを得意になってコピーして送ってくる人についても理解に苦しみます。

しかし、最初の出だしの部分（土屋賢ブリッ二）には、これまで一度も考えついたことがなく、感心しました。一寸の虫にも魂があり、泥棒にも三分の理、ということわざの通り、どんな人にもすばらしい発想が訪れることがあるものだということを知りました。今書いているお茶の水女子大哲学科の同窓会誌の原稿に早速使わせていただきました。その原稿を最後に付け加えておきます。

草々

一月十六日　土屋賢二

＊＊＊

土屋賢ブリッ二便り

ケンブリッジの町は古く、今住んでいる家は十九世紀のものですが、それでも新興住宅街に住んでいるようなものだ、といっても少ししか言い過ぎにならないでしょう。ラッセルやウィトゲンシュタインがいたカレッジもそのまま残っています。建物の壁に名前を彫って帰国したら、ケンブリッジ大学に名をとどめることも可能です。大学は学期中、講義が午前中、ゼミが午後、研究会や教官用のゼミが夜（午後八時半から十一時ごろまで）行なわれています。集中的に勉強して集中的に休む、というやり方で、とくに集中的に休むところがすきです。命令したり脅したりする人がいないのも気に入っています。

ときどき実家に電話をかけて、今の首相はだれか、巨人はどうなっているか、の二点をたずねているのですが、「どちらも知らない」という答が返ってくるだけで、日本の様子はわかりません。それでも支障なく元気に暮らしています。ここから先を知りたい方は、出国前に書いた拙著『われ笑う、ゆえにわれあり』（文藝春秋）を読んでみて下さい。

土屋賢二　様

前略　返事を差し上げるのが遅くなりまして申し訳ございません。一応はE-Mailで言い訳を送ったつもりですが届いているものやら……。届いたかどうかを調べる方法も知りませんので、ほったらかしにしていました。

日本では一月十七日に神戸付近を襲った大地震でいまだに大変な騒ぎです。その影響もあって、「手紙も書けない」忙しさでした。とは言っても、一月末にI氏とH氏に会ったりもしています。三十年ぶりに懐かしくも楽しいひとときを過ごすことができました。

H氏は、どこで見つけたのか、文芸書ベストセラー・ランクの二位に『われ笑う……』が記載されている新聞かミニコミ誌の切り抜きを持ってきて、盛んに土屋さんの印税を心配していました。さすがは銀行屋さんです。それにつけても、わたしは朝日、毎日、読売新聞のベストセラー欄を注意深く見ているのですが、ランク入りする気配もなかったのはどうしてでしょう。今では横浜の一番でかい本屋の有隣堂では、どこに置いてあるのか見つけるのが大変で、エッセイのコーナーに一冊だけあったその本は第一刷のままでした。それでも、五十音順に並べられている本棚では筒井康隆の隣にありましたので、「筒井康隆と肩を並べた」と言うことはできるでしょう。

I氏はわたしと同様に大分ふっくらしていましたので、町ですれちがっても恐らくはわからなかったでしょう。彼は、土屋さんが半年以上も遊学していることについてはサバティカル的な既得権でしょうとこともなげに言っていました。ガーン、わたしはサバティカル制度が残っているのはアメリカだけのことだと理解していたのに。それにしても、ケンブリッジの各カレッジのゼミはほとんど一対一で行われると聞いていますが、土屋さんもそれをやっているのですか？ 昔を知るわたしにとっては、にわかには想像もできない話です。

さて、この前いただいたお便りにも土屋さんがどのような哲学を専門にしているのか、についてはは触れられていませんでしたが、別葉にラッセルとかウィトゲンシュタインとありましたので、インド哲学や中国哲学ではなさそうだと想像しています。自然科学に対する「探究」などのお話ができたら嬉しく思います。

全然関係のない話ですが、読みたい日本語の本は充足していますか？ 必要な本があったら伝えてください。薄くて安い本であればすぐに送ります。

草々

二月七日

佐藤悦久

佐藤悦久　様

前略　お手紙ありがとうございました。地震のニュースはこちらでも大々的に報じられていました。あまりの被害の大きさに心が痛みます。佐藤さんは大丈夫だろうか、とも心配しました。もしかしたら、震源地から遠く離れた横浜でただ一軒だけ倒壊したということも十分考えられるからです。でもご無事で安心しました。

どういう制度でイギリスに来ているのか疑問に思っておられるようですが、小生の大学にはサバティカルという制度はありません。文部省に金を出してもらって来ているのですが、これは申し込んだ回数の多い人から順番に研修が認められるという権威あるものです。ただし小生の場合だけは特別に勤務ぶりが評価されたのだとしか思えません。

新聞のベストセラーの欄は、小生も気になっているのですが、日本の様子はこちらでは分かりません。こちらの新聞のベストセラー・リストに載っていないのはたしかです。小生の推測では、Hさんが見た新聞がたぶん正しくて、他の新聞は誤報でしょう。大新聞ほど誤報、虚報が多いのはご存じの通りです。

しかしそれにしては、文藝春秋から増刷の話が二回しかないのが不思議ですが、これも文藝春秋が小生に内緒でたくさん売っている疑いがあります。

学生が知らせてくれたところでは、池袋の西武のリブロなどが、とくに力を入れて売ってくれており、「ひょうたんから駒の大ヒット。場外ホームラン」などというポスターを立てているそうです。それからみると、横浜の書店の状況は、不可解ですが、原因としては、①横浜の書店の話が誤報である、②横浜まで文化が浸透していない、③その書店は実は八百屋である、が考えられます。

なお、メールはまったく届いていません。本当に送信したのでしょうか。パソコンを与えられていると思っておられるのでしょうが、実際にはただの箱かもしれません。線が少なくとも一本は出ていますか？　そしてそれが何かにつながっていますか？

本を送って下さるとのお申し出には感激しております。その感激の前では、佐藤さんが本当に先輩であろうとなかろうと、その違いが何でしょうか。本は急ぎませんから、日本に帰ってから頂戴します。これでこの先一生、本を買わなくてもすむのですから、先輩というものはもつべきものだと思います。もちろん現金の形でいただいてもかまいません。ビーフとあわせて手帳につけておきます。

もしこちらで手に入る本でご入り用の本があれば、お送りします。ただし、英語の本しかなく、しかもカタカナがふってあるものはありません。

なお、お手紙の封筒に、小生の宛て名を印刷したラベルが貼ってありましたが、どうやって作ったのですか。あるいは文房具屋で小生のラベルが市販されているのでしょうか。

こんど「小説現代」に小生のエッセイが載りますので、ご一読くだされば幸いです。佐藤さんにも分かるよう、やさしく書いてあります。

草々

二月十三日

土屋賢二

土屋賢二　様

　こんにちは。E-Mailが届いていなかったとは大変失礼をいたしました。日本からの励ましの手紙が普段から少ないところに、わたしまで長いこと不義理をしてしまい済まない気持ちでいっぱいです。

『われ笑う……』が増刷されたとのこと、おめでとうございます。でも喜んではいけません。第一刷の残部と合わせて増刷分は著者の買い取りとなる可能性が大です。いえ、もうすでに自宅の方に、請求書とともに一万部ほど届いているかも知れません。わたしは既に四冊も買いましたので、もう結構です。教科書代わりに停年まで使うしか道は残されていません。ライヤー土屋の正体を知っている大学院生は買わないでしょうが。

　大学院生といえば、先日、土屋さんの教室からわが社に入った哲学博士に会いました。元気そうでした。彼女に土屋さんの専門を尋ねたところ、アリストテレスだといっていました。アリストテレス？？？　……わたしにとってかなり遠い人です。進化論の教科書の初めのころに出てきた梯子だか連鎖だか忘れましたが、神―人―オランウータン―……―ナマズ―……などという壮大な無意味を考えたり、どんぐりには樫の木になることが潜在している、などと考えていた「なんやら偉い人」とかしか思い浮かびません。デカルトにこっぴどく批判された人でしたっけ？　もしそうだとしたら途方もなく偉い人かも知れません。彼女は続けて「それと学生の人気を取るためにウィトゲンシュタインも教えていました」といったあと「土屋先生は昔からおかしな人だったのですか？」と尋ねてきました。わたしは咄嗟には「おかしな」が「面白い」なのか「狂っている」を意味するのか判断に迷いましたが、土屋さんを傷付けてはいけないと思い「勉強はあまりしていなかったようです」とほめてしまいました。わたしはなんてお人好しなんでしょう。

アリストテレスが出たところで話題を思いつくままに連鎖させて書きますが、お茶の水女子大はどうして東大や早大のように「お大」と言わないのでしょうか。こんなことを聞いて土屋さんの頭を混乱させるのは本意ではありません。実はわたしの娘がいま受験生で、昨年の暮れに『われ笑う……』を読んで「お大」を志望するのをやめてしまいました。わたしがいくら「この先生は例外で、だからこそ今ケンブリッジで勉強のし直しをさせられているのです。ほかには立派な先生が沢山います」と説明しても、一旦いだいた失望の念を消すことができずにほかの大学を受けることにしてしまいました。うちの娘のようなのが多いので今年の「お大」は易しいのに。

娘といえば、女房に『われ笑う……』を読ませたら「くどい」が読後感でした。たしかに一つの言い回しで次が予想されるところがあって、それがやはり出てきてしまうトートロジー的な箇所が所々にあるので、くどい印象を与えているものと思われます。次からエディティングをやってあげましょうか？　読書習慣のない埼玉と違って文化度の高い横浜でも売れる本にしてあげます。また、女房は土屋さんから寄せられるお便りを盗み見て、手紙の方が面白いと言っています。わたしのことを人格者のようにほめそやしていたり、身近な話題が多いからでしょう。わたしはこれまでの中ではケンブリッジが新興住宅街であるとのくだりが一番気に入っています。ちょうど京都のおばあさんとの会話によく引用される「先頃のいくさで焼けてしまって……」の戦が応仁の乱である話と似ています。

売れ行きといえば、池袋で売れているかのように書いてありましたが、「ひょうたんから駒」はビジネスの世界では無意味なものを意味あるもののように見せかけて売れた場合に使います。紅茶キノコやぶらさがり健康器などが思い出されます。

さて、アドレスのラベルですが、銀座の鳩居堂に特別注文で作らせたものと思って下さっても結構ですが、そうではありません。ワープロで作って、両面テープを貼り付けただけのものです。歯を磨くより簡単です。土屋さん用のものを何枚か同封しますが、お気に入りのフォントをお知らせください。わが家の工場で量産してお届けします。ところで、Kenjiの前に付ける敬称は何が良いのでしょうか、ケンブリッジで教授・特別研究員に相当するのはFellowでしょうが、土屋さんのように「押し掛け研究員」あるいは「迷惑研究員」はどう表示してよいものやら……。

新聞に土屋さんの似顔絵付きで、本の広告が出ていましたので同封します。

この手紙を投函したら金沢に行って来ます。金沢といっても横浜の金沢ではなく、加賀百万石の金沢です。寒さはケンブリッジと同じくらいではないでしょうか。冬の日本海のカニをたらふく食ってきます。早く帰ってこいよ。それではまた。

佐藤悦久

二月二十日

佐藤悦久　様

前略　お手紙と本、ありがとうございました。はじめて小生は佐藤さんの後輩かもしれないという気になってきました。また、新聞広告の切り抜きもありがとうございました。柴門ふみが描いた小生の似顔絵は、小生とはまったく似ていません。実物はもっと大きいし、立体です。しかも実物より非常に悪く描かれています。どうせ似ていないのなら実物より良く描いてほしかったところです。でも小生の場合、実物以上に描くのはたぶん不可能だから仕方ありません。いっそ、写真にしてくれればよかったのに、と思います。ただ小生は写真うつりも悪いのが苦しいところです。

増刷は、最近立て続けに二回話があり、急に四刷となったものです。たとえば一万部増刷するなら一回十部にして、「千刷！」と宣伝する方法もあると思いますが、本屋の考えていることはわかりません。二冊目を書くよういわれているのですが、そのときには、佐藤さんのご意見もうかがうことにしますので、よろしくお願いします。教養のない短足の読者のことも考えておいた方がいいと思うのです。

お嬢さんがお茶大の受験をあきらめた由、かわいそうですがお嬢さんにはとても合格は無理でしょうから、あきらめたのは賢明だったと思います。もっと賢明だったら合格できていたでしょう。父親ゆずりの頭では精一杯の決断だったでしょう。顔も父親ゆずりでなければいいのですが。

称号の問題ですが、小生はまったくこだわりません。たとえばマイルス・デイヴィスが名刺に「ジャズ・トランペッター」と書くでしょうか。ピカソが「画家・彫刻家・スペイン人・離婚歴多数・キュビズムの創始者」と書くでしょうか。大人物になればなるほど、何も書かなくなるものです。もちろん、尊敬の気持ちを表わしたいという心理も理解できます。正式に尊敬をこめて呼ぼうとすると非常に複雑です。イギリスではそれだけで一冊の本になっているほどです（もしご入り用ならお送りします）。しかし簡単にいえば、相手の名を直接口にするのは失礼にあたるという原則があります。「殿」などは、建物の名前だったそうです。だから間接的に呼べば失礼にならないのではないかと思います。小生の場合なら、「サンティの右隣の家の住人」と呼べば失礼にはならないでしょう。佐藤さんもご希望なら、「佐藤さんの右隣の人の左隣の人」と呼ぶようにするのがいいでしょう。

草々

二月二十四日　　　　　　　　　　　　　　　土屋賢二

土屋賢二　様

えらい！　前回の手紙で、土屋さんの著作をエディティングしたい旨のことを書きました。普通の人ならカッときて罵詈雑言をあびせてくるものですが、期待は見事に裏切られました。ヒトができているのか鈍いのか分かりませんが取りあえず、えらい！　としておきましょう。わたしの部下が論文を投稿するとき、ドラフトに徹底的に手を加えるものですから、人によっては自分の書いたことが正しくて、わたしの指摘が間違っている、と膨大な裏付け資料を持ってきて、決闘せんばかりの剣幕で迫ってくるヤツもいれば（こうしてくれれば良いのですが）、フテくされてそれっきりにしてしまうのなど色々います。この便箋の裏側にコピーしたものは、ある学会誌の今年の巻頭を飾ることができたわたしの弟子のペーパーです。この男もなかなか書かなかったのですが、「脅したり命令したり」してようやく二報まとめて出版されるまでになりました。理系の雑誌のならわしとして、著者名の順は一番仕事をして論文にまとめた人間が最初に来て、順に仕事をしない人になります。ですから、後ろからの順は偉い人からになります。ですから、わたしは偉いのだ。ただし、雑誌の巻頭に載るのはわたしが偉いからではなく、万馬券を当てるような僥倖でしかありません。

ところで、「小説現代」に載った土屋さんのエッセイで、気になったのは著者のプロフィールに「……ケンブリッジに会社（講談社）から夕方電話すると、いつも奥さんが『まだ寝てます』という留学生活」とありましたが、奥さんも同行されているのですか。それとも愛人、なんてことはありえないので、単なる願望ですか。

そのエッセイが出ることを教えてくれた土屋さんの絵葉書は、真っ黒の地に小さく黄文字でCambridge at Nightとあるだけのほとんど海苔のような葉書でしたが、金沢の夜も雪の痕跡すらなく真っ黒で、「夜のケンブリッジ」のような暗闇を眺めながら酒を飲んでいました。金沢には四高跡に石川近代文学館があり、金沢に関係のある物書きならば、節操もなく理屈をつけて作品を展示しています。曾野綾子や半村良などは数ヵ月疎開しただけで金沢関係者になっています。三島由紀夫は祖先が前田藩の儒家であったことで納められていました。土屋さんもケンブリッジで分からなかったことを金沢大学で学び直せば、文学館入りを果たすことができるかもしれません。もっとも死ぬまでに売れる本の二、三十冊の出版が必要ですが……。それではまた。

三月六日　　　　佐藤悦久

佐藤悦久　様

前略　名前シールありがとうございました。

佐藤さんがどういう生活をしているかが、だんだん分かって来ました。職場では、研究員の人がふてくされ、家庭では子供たちが言うことをきかず、どちらを向いても恵まれない生活をおくっているようで、同情を禁じえません（後輩に恵まれているのがせめてもの救いです）。奥さんにも恵まれていないにちがいありません。しかし、佐藤さんよりも、佐藤さんの周りの人たちの方がはるかに恵まれていないはずですから、おたがいに不幸なことです。

どうしてこのように恵まれない生活になってしまうのか、ご自分でも疑問に思っておられるかもしれません。原因はだれの目にも明らかなのですが、あえて言えば、佐藤さんは自分のことを過大評価していませんか。自分を正しく認識していない人にかぎって、他人に命令したり忠告する立場にいると錯覚するものです。自分はひとかどの人間だ、他人が自分の言うことをきくのは当然だ、と思っているのではありませんか。自分の部下だと思っている人が本当に部下なのですか。わが子だと思っているのが本当に佐藤さんの子供なのですか。これらのことについて根本的に勘違いしていないかどうか、確かめてみることをおすすめします。お子さんの顔をよく見て周りによく似た男性がいないか、調べてみた方がいいと思います。もし自分にウリ二つだった場合、それは非常に不幸なことです。それの方が不幸だといえるほどです。

職場についても、一から見直す必要があります。毎日通っているのが、本当に研究室ですか。鉄の格子が入っていませんか。そして入ると鍵を外からかけられていませんか。ネットワーク用のパソコンが部屋にないのは、そこが檻だからではありませんか。そしてわけのわからないものを飲まされていませんか。

小生の方は、佐藤さんにくらべるとまだ恵まれています。今こちらには、妻が同行しています（第五夫人です）。子供は、小生の知る範囲では、いません。もしかしたら、子供の作り方について根本的に勘違いしているのかもしれません。

イギリス人に「小説現代」を見せました。「これは日本を代表する作家が書く雑誌だ」と説明したら、「大江健三郎も書いているか」ときくので、「かれは日本を代表していない。世界を代表する作家ではあるが」と答えておきました。出版社の人の話では、大江氏はこれを読んでいるそうで、小生のものも読むに違いない、といっていました。かれの作風に影響を与えていると考えると、身がひきしまる思いです。

今週で学期が終わります。まだケンブリッジを一歩も出たことがないので、ロンドンくらいには行ってみようと思っています。

草々

三月十四日

土屋賢二

土屋賢二様

お手紙ありがとうございます。奥さん同伴なんてイエロー・カードものです。単身赴任かと思って、ちょっとは同情したのに。いただいた手紙を女房に見せたら、訪れたこともない我が家のことを、なぜ良く知っているのか不思議がっていました。これまでは土屋さんのことを単にヒネクレているだけ、と思っていたようで、今回はじめて透視能力のあるヒネクレ者であることが分かったようです。確かに、わたしは恵まれない人生を送っています。部下にも子どもにも女房にも恵まれていません。少しですが、髪の毛にも恵まれていません。

そんなことより、東京では大変なことが起こりました。昨日（三月二十日）地下鉄三経路五ヵ所で毒ガスのサリンがまかれ、四千六百人以上が被害を受け、八人が亡くなりました。恐ろしいことです。松本のサリン事件のとき、土屋さんは日本にいたはずで、今回はイギリスにいるので、この疑いようもない根源的にカフカ的、吉田戦車的因果律によりシャーロキアンはきっと土屋さんのことを疑惑の目で見ていることでしょう。イギリス紳士風情に何か尋ねられたら、今までどおり英語ができないことを強調すればよいでしょうし、日本の警察がきたら日本語は忘れた、とカタルニア語で押し通すことで時間切れに持ち込むことも可能かと思います。善戦を祈ります。

いてのぼりが立っていたと、ゾウが空飛ぶほどびっくりしていました。のぼりに何と書いてあったのか、何刷だったのかは「見るわけねぇだろう」と相変わらずの役立たずです。文藝春秋が土屋さんにないしょで……、と思う気持ちはわかりますが、実際は土屋さんの単位不足の教え子がケンブリッジからの脅しと命令にしたがって、持参したのぼりを立てたのだと推察されます。捕まって新聞記事になったら、切り抜きをおまけとして送ります。

息子が四、五日前に八重洲ブックセンターに行ったら、『われ笑う……』が平積みされていてのぼりが立っていたと、ゾウが空飛ぶほどびっくりしていました。

ロンドンに行かれるとお便りにありましたので、わたしの女友達を紹介することは歓迎です。ただし彼女は飛び級でオックスフォード大に入り、「オ大」を卒業したあとケンブリッジに行き、三年で博士号を取った天才で、研究の話ばかりするので土屋さんにとっては苦痛以外のなにものでもない恐れがあります。ところで今思いついたのですが「お大」と「オ大」は姉妹校ですか？

わたしの娘は「お大」とは別の国立大でフランス語をやるとうそぶいています。フランス語はpensez-vousをパンセ・ヴみたいに発音し、ペンセズ・ヴーズとは言わずに、panse-vuとも書きません。発音しないものなら省略していくのが「発達」あるいは「プレイをルール化する」となるのでしょうが、自信がないので切り離すことができずにいつまでもぶらさげている、というのがわたしの持論です。英語のknockoutなども同じです。英語はAをアと発音せずにエイと言ったり、Eをエではなくイーと言ったり、かなり訛っています。その点、日本語は「言字一致」ですぐれています。もっとも、わたしは、とか、こんにちは、とか、横浜へ、とか、さとう、とか変なのはたくさんありますが、そのへんは大目に見ましょう。

第五夫人によろしく。それではまた。

三月二十一日

佐藤悦久

佐藤悦久　様

お手紙ありがとうございました。最近妻の友達とか小生の同僚などが次々に訪れて案内に忙しく、返事が遅れて申しわけありませんでした。今も客が一人家に泊まっています。そのうち旅館でもやれば、こちらで食べていけるかもしれません。でも金を取ると言ったら、とたんに来なくなるような連中しか知り合いにいないのが難点です。

お子さんが結局、お茶大以外の大学にしたのは賢明な選択だったかどうかわかりませんが、大学に入ってからのがんばり方によって左右される部分が大きいと思いますので、いろいろな障害に負けないで（最大の障害は父親ですが、おそらく母親と兄も障害だろうと思うし、本人自身が障害なのがかわいそうです）、がんばるようにお伝え下さい。フランス語については、久しぶりに佐藤さんが正しい意見を言っていると思いました。これで佐藤さんが正しいことを言ったのは、三回目です。一回目は「えらい！」という文、二回目は「ではまた」という箇所がそれです。ただ「言字一致」というのが優れた言語の基準なら、文字をもたない言語（犬など）が一番優れていることになりそうな気がします。

フランス語はhの音を発音しません。ジャズのレコードでハービー・ハンコックをフランスの司会が「エルビ・アンコク」と紹介していました。おそらくhの発音までおぼえきれないのでしょう。その上、語彙を極端に少なくしています。とにかく法律を作ってまで語彙を規制しています。おそらく英語の五分の一くらいしかないのではないかと思います。文法にしても、ギリシア語やサンスクリット語と比べるとはるかに簡単です。小生の経験からいっても、フランス語は非常に短い期間しか勉強しなくても、英語と同じレベル（「読んでも聞いてもよく分からない」）に到達できます。したがってフランス語は学習能力に問題のある人に最適の言語だといえます。おそらく娘さんはそのことが分かる程度に頭がよく、英語などをやるほどは頭がよくない、と推測できます。

息子さんが見たというのぼりですが、「叩き売り大処分！　一冊五十円」とか「こんな本は読むな」と書いてなかったことはたしかだと思います。もしそう書いてあったら、倍角文字で小生に知らせてくれていたでしょう。

知り合いをいろいろ紹介してやろう、というお心遣いには感謝しています。今のところは、まだいいですが、もしものときはよろしくお願いします。もし小生に紹介できる人がいましたら、遠慮なくお申しつけ下さい。うちの大学なら理科系の教官でもわりに知っている人は多いから、紹介状など書けます。日本の首相（だれなのか知りませんが）あてに紹介状を書くこともできるくらいです。

おっしゃるとおり、オ大とお大は姉妹校だといえます。神が昔、お大を作り、さらに、その肋骨を一本とってそれからオ大を作ったのです。そこまではよかったのですが、そこに卑しい佐藤というのがいて、リンゴを食べることを勧めたため、それ以後、苦難の日々を過ごすことになりました。オ大を名乗る者がいっぱい出て来たのです。オハイオ大、オクラホマ大、オンタリオ大、オタワ大、尾道大、オシャマンベ大などです。土屋という救世主が現われなかったら、大変なことになったでしょう。とにかくそれがもとで、お大はもっと正確に「お茶大」と呼ばれるようになりました。

なお、研究室などに貼っておくための標語を集めたものを同封します。かなり笑えます。残念ながら全部英文です。意味が分からないようでしたら、「部下」と佐藤さんが呼んでいる上司の人にきいてみてください。ではまた。

四月二日

土屋賢二

土屋賢二　様

お手紙と標語集を送って下さって、どうも有り難うございます。この手の注意書き、わたし好きなんですよ。でも、意味が通じないのが多くて悩んでいます。“Medical authorities have announced that AIDS can be contracted through the EARS by listening to ass-holes”は何となく面白そうなのですが真意が分かりません。近々ハーバード大の教授が訪ねてくるので、面白いのを選んでわたしの研究室に貼りたいと思っています。

わたしの住んでいるところは日本のケンブリッジと呼ばれる横浜の鴨居ですが、ＪＲの駅前に三軒の本屋があります。そのうちの一軒に、なんと『われ笑う……』が三冊も平積みされていました。それは第四刷で、帯に柴門ふみの描いた（？）似顔絵がついたものでした。買おうかなと思いましたが、果たして売れるものかを見届けなくてはいけないと思い、買うのを控えました。八重洲ブックセンターといい、第四刷になって少し元気になったようですが、実際に第二、三刷は本当にあったのかは甚だ疑問です。

今度、新刊を出すときは、もう少し哲学のことや業界（学界？）のことを増やしてください。読者はのぞき趣味が旺盛ですから。「小説現代」のエッセイで、土屋さんが渡英の際、学生たちと別れを惜しむ会話のときの「そのときの学生たちの顔つきがうれしそうだったのが多少気になる」表現なんかわたしの好みです。わたしらと同年輩の医学部の教授が、免疫のはなしをほとんど下世話な表現と仲間うちの話に終始して書いた本がロングセラーになっています。もっとも、哲学者は自分以外の同僚を学者として認めないようですから、仲間うちの話は成り立たないのかも知れません。

それから、わたしは土屋さんの教え子という柴門ふみも、何者かはよくは知りませんでした。会社の若い子に聞いたらみんな知っていて、ＴＶのトレンディードラマ（すごい日本語です）の原作者だと教えてくれたのですが、その原作が何であるかも知らないオジさんになってしまいました。新聞の広告欄に顔写真が載っていたのですが、初めて見る顔です。その新聞には子育てに関する対談が載っていましたが、わたしにはあまりピンときませんでした。こんなことを教えていたのですか？　今年も一人、お茶大の文教育学部からわが社に入りましたが、心配です。娘を行かせなくて良かった、と安堵の胸をなでおろしています。

土屋さんへの手紙も短期間に大分増えて一つのファイルに放り込んでいたらアクセスが遅くなってきましたので、この手紙の三通前から一通ごとにファイルしています。ファイル名は土屋賢三、賢四、……としてこの手紙のファイルは土屋賢六です。それにつけても土屋さんの名前を電話で伝えるのは簡単でいいですね。ズル賢いの賢に二流の二と言えば良いのですから。わたしなどは、稲田悦子といっても知る人はなく、志穂美悦子のエツと言っても「エッ？」という返事がくるだけです。りっしんべんに脱ぐという字のつくり、といって通じればそうとう学のあるほうで、満悦とか悦楽とか酒悦とかまくしたてても分からないのが常です。当然、ワープロの辞書にもありませんので、片っ端から登録しています。佐藤悦久も「さ」と入れるだけです。「われ笑う……」も「わ」で登録してありますのでいつもフルタイトルでなくて失礼しています。「われ笑う……」「われ笑う……」「われ笑う……」ほら簡単でしょう。それではまた。

佐藤悦久

四月九日

佐藤悦久　様

お手紙ありがとうございました。小生の手紙のファイルは現在「SATO. 007」となっていますから、七通めです。この方式だと九九九通めまで同じ方式を使うことができます。そちらのファイルでやっている「土屋賢六」などという方法は、この点、計画性に欠けているように思います。それに小生の方法だと、「DEL SATO. ＊」という命令一つで簡単に削除することができます。また、佐藤という苗字の人すべてに使うことができます。その上、砂糖、差等、里鶏、差徒、左斗、といった名前の人にも使える汎用性を備えています。

もう一つ、計画性のなさを示すものとして、「わ」で「われ笑う……」に変換するよう登録してあることを挙げることができます。どうせ登録するのなら、どうして「……」の部分をなくして、きちんと「われ笑う、ゆえにわれあり」に変換するように登録しないのか、理解に苦しみます。というのは、小生はいつかは、二冊目か五八冊目かはわかりませんが、自分の本のタイトルに『われ笑う、ゆえにわれ笑う』とか『われ笑う、ゆえにわれ笑われる』などを使おうと思っているからです。そのときには、以前の「われ笑う……」の部分をすべて書き換えなくてはならなくなります。

このような計画性のなさは、ひょっとしたら親ゆずりではありませんか。親が名をつけるとき、「悦久」のように口頭で説明しにくい名前をつけていることから、そう推定できます。将来のことを考える親だったら少なくとも「税久」くらいに説明しやすい名前にしているはずです。それに対して小生の場合は、親が考えていたのでしょう、口頭でも、「土屋賢二」の「賢」に「二流でない」の「二」だと、簡単に説明できます。

哲学の世界を書くようにとのおことばですが、哲学の場合はなかなか書きにくいのです。ただ、拙著で書いたこと(「助手との対話」や「わたしのプロフィール」など)はほとんど実際にあったことです。創作だと思う人が多いのですが、これは実際の出来事をあたかも創作のように思わせる文章力のたまものだと思っています。

ところで、佐藤さんとの往復書簡をケンブリッジにいる知り合い(Visiting Scholarとして来ている人)に見せてもいいでしょうか。佐藤さんの手紙も読んでもらうことになりますが、かまいませんか。もしいやなら、いやだと言って下さい。その場合には、承諾のしると受け取りますから。

それにしても、「そのときの学生たちの顔つきがうれしそうだったのが多少気になる」の箇所がお好きだとおっしゃるのもいいセンスです。あるイギリス人もそういっていました。先輩が学生時代に小生が与えた影響でこれほどまでに成長するものか、とわれながら驚いています。

柴門ふみにしても大学に入ったときは箸にも棒にもかからないような状態だったのを、小生があそこまでもっていったのです。いまでは小生の何十倍も何百倍も稼いでいます。それなのに恩返しはしてもらっていません。恩知らずの人間になる教育をしたつもりはないのですが、その点、小生の教育が一歩及ばなかったことを認めなくてはなりません。

うちの学部から資生堂に入った学生がいるそうですが、たとえその学生が無能であっても、それをもってお茶大全体を判断しないで下さるようお願いします（有能だったら、それがお茶大の姿を伝えていると考えて下さい）。小生の方も佐藤さんをみて資生堂を評価しているわけではありませんから。

こちらはすっかり春です。桜をはじめ色とりどりの花が咲き乱れ、夜の八時になってもまだ外は明るくて、ついこの前まで吹雪の毎日が続いていたのが嘘のようです（実際、嘘です）。先日も気持ちのよい戸外で昼食を取ろうと、眺めのいい川辺でサンドイッチを買って食べていたら、すぐ隣にホーキング博士一行が来て食事を始めました。優秀な頭脳は食べる場所も同じような選び方をするものだと思いました（空いている場所を選ぶのです）。ついに、これで小生もホーキングと並んで食事をする仲になったかと感慨を深めました。

旅行があまり好きではないため、つい先日までケンブリッジを一歩も出たことがありませんでしたが、先日、帰国予定の六月末が急に迫って来たような気がしたので、前から行きたいと思っていたロンドンに行きました。大英博物館の前を通り過ぎて本屋めぐりをし、山のように本を買いました。それ以来、三回ロンドンに行きましたが、まだ本屋にしか行ったことがありません。大英博物館も見たいのですが、その前にあと百回は本屋めぐりをする必要があり、困っています。

こちらの食事は気にいっていて、とくにフィッシュ・アンド・チップスが好きなのですが、ロンドンに行ったとき、ユニオンジャックの絵の横に「イギリスの偉大な発明！　フィッシュ・アンド・チップス」と大書した看板が目に入りました。日頃から本式のフィッシュ・アンド・チップスを食べてみたいと思っていたので、その店で食べてみました。その結果、軽音研への参加、結婚をはじめ、小生が犯してきた数々の失敗にもう一つ失敗がつけ加わっただけでした。このような看板を見て、本式のおいしいフィッシュ・アンド・チップスを期待するくらい自然なことがあるでしょうか。どうしてこのような素直な予想がいつも外れてしまうのか、わかりませんが、そのフィッシュ・アンド・チップスは魚を揚げる衣にカレーを混ぜてあり、それまで食べた中で最もまずいフィッシュ・アンド・チップスでした。日本にいたとき、カレー味のタコ焼きというのも間違って買ったことがありますが、どうしてサラダ、肉まん、コロッケ、カレーライスなど、何にでもカレーを混ぜるのか、不可解でなりません。

先日「月刊現代」五月号の「わたしがすすめる必ず笑える本」の特集のアンケートに答えましたが、そのときの原稿を最後に載せておきます。ではまた。

＊＊＊

笑いとお金は簡単には得られないが、わたしは笑いに飢えているので（不幸な生活をしているためである）、笑える本の選択には自信がある。どうしても面白くないと言い張る人がいたら、わたしは税金を払うのをやめてもいいとさえ考えている。わたしの好きなのは、マーク・トウェイン（『ちょっと面白い話』旺文社文庫）、ウディ・アレン（『羽根むしられて』など）、ビル・コスビー（『タイム・フライズ』）などで、これを読むと笑いは深い洞察の中からしか生まれないものだと思う。『ユーモアスケッチ傑作展』、『すべてはイブからはじまった』（いずれも早川書房）もおかしい。洞察がなくても笑えるものである。他に、内容空疎なのに気取って難解に書いた文章も笑える。これを発展させると、どんな本でも読み方しだいで笑うことも可能になるかもしれない。笑いを拡大していってやがては数学の本を読んでも笑えるようになりたいものである。

＊＊＊

四月十六日　　土屋賢二

土屋賢二　様

楽しいお手紙有り難うございます。土屋さんが「月刊現代」に寄稿した「わたしがすすめる必ず笑える本」のなかで、わたしの記憶にあるのは『ちょっと面白い話』だけで、あとは初めて見るものばかりでした。わたしは余り本を読む方ではないのですが、それにしても土屋さんとほとんどすれ違っている現実に驚いています。ホーキング博士の日本における講演の中から引用しますが「十八世紀には、書かれた本をすべて読み終えた人がいるといわれています。しかし、現在では一日一冊の本を読破したとして、ケンブリッジの大学図書館の本をすべて読み終えるには、およそ一万五千年かかるでしょう。そのときまでには、またさらに多くの本が書かれているでしょう」というほどですから、土屋さんと共通して読んだ本がなくても不思議ではありません。むしろ共通した話題として取り上げている『われ笑う……』などは奇跡といえます。

「われ笑う……」を「わ」で登録したのはとても計画性のあることなのです。いつの日か「われ笑う、ゆえにわけあり」と題する本がでたとしても、「われ笑う……け」と一番特徴を表す略しかたで、「わ」に登録すれば良いのですから。もっとも「われ笑う……」と変換して「け」を入れれば済む話でもあります。

この手紙はマッキントッシュで書いています。ファイル名も全角四字、半角八字までの制限がありませんので、土屋賢五京四千三百二十一兆九十億……などと無限に手紙を出すことができます。削除するときもフォルダごとゴミ箱に捨てれば一度に全てを完全に消すことができます。上手くやれば、土屋さんの数多い過去の汚点も削除することができるかも知れません。こんど研究しておきます。

往復書簡をどなたかに見せることに異存はありません。わたしのことを恩人だとか三倍偉大な人とか言うのは構いませんが、決して土屋さんの「友人」などと、わたしの地位をおとしめるような紹介のしかただけは避けてください。また、読み直しもせずに投函していますので、誤記や誤字があるところはフォローしてください。Visiting Scholarという方は日本人なのですか？　また、少し不思議なのは「そのときの顔つきがうれしそうだったのが多少気になる」ところを好きだと言っていたお知り合いは本当のイギリス人ですか？　イギリスに帰化した日本の犯罪者ではありませんか？　英訳して伝えたのですか？　いずれにせよ、土屋さんのあやしげな交友関係はよく理解できません。それではまた。

四月二十五日

佐藤悦久

佐藤悦久　様

ご返事が遅れて申しわけありませんでした。学期が始まって忙しくなってしまい、無駄なことをする時間がなくなったのです。交換日記のようなことをするには人格的に成長したとも一因かもしれません。

往復書簡（「交換日記」の学術的名称）を人に見せるのは、まだ実行していません。手紙を整理して、コピーしたり、プリントアウトしたりする余裕がなく、他人に恥をさらす覚悟がまだできていないためです。準備ができ次第、読んでもらうことにします。もちろん、佐藤さんの手紙については、「先輩は忙しいところを急いでワープロを打っているので、ちゃんとした文章はごくわずかしかない。しかし、このちゃんとした部分はワープロの操作ミスの結果だ」とフォローするつもりです。

今は勉強以外には、大学の図書館で雑誌を借りてそれをコピーしまくっています。こちらで基本文献に指定されているものをうちの学生、自分、同僚に読ませたいのですが、それが小生の大学にないためです。とくにお茶大には雑誌が少ないので過去の雑誌論文を大量にコピーしなくてはなりません。買える本は無理してでも買っていますが、雑誌はどうにもなりません。雑誌は一年ごとに製本してあり、一冊がだいたい広辞苑くらいあるため、一度に四冊ほど借りてリュックに入れて背負うとずっしり重く、同じことをあと何回繰り返さなくてはならないかを考えると、身体も気も重くなり、有能な人材にこんなことをさせていいのか、貴重な頭脳をもっと大事に、テレビをみたりフィッシュ・アンド・チップスを食べたりするのに使うべきではないのか、と義憤を感じています。授業で忙しくないときは、これが毎日のように続いています。コピーした後は、データベースに入力したりして、整理しなくてはなりません。それが終わるころには疲れ果ててしまいます。でも滞在期間が少なくなっているので、このペースでやらないと全部を集めることはできません。まったく学問への情熱だけが支えです。

どこの大学でもそうだと思いますが、小生の大学でも哲学の予算は非常に少なく、満足に研究書が買えません。このため、今のところは、教官が私費で購入した本を学生などに貸す、ということにするしかないと思っています。学生がちゃんと返すかどうか、信用できないのが問題です。資生堂が哲学のスポンサーになって年間五十万円でも出してくれれば助かるのですが。そうしたら、講義のときに一回は「資生堂」という単語を入れるようにしてもいいです。講義といっても、二百人—三百人を相手にする講義もあるので、宣伝効果はあります。何といっても、尊敬されている教官がしゃべるのですから、資生堂製品の美容に及ぼす効果よりも大きい効果があると思います。

これが受け入れられない場合のもう一つの案として今考えているのは、もし資生堂がお金を出してくれないなら、講義、エッセイなどの中に資生堂の悪口をまぜる、という方法です。日本に帰ったらいずれ、どちらにするかを真剣に考えなくてはなりません。

ところで、先日、「小説現代」に載せたエッセイを英訳しました。イギリス人に英語を直してもらい、知り合いの人に読んでもらいました。その反響はすさまじく、といえば嘘になりますが、かなりのものがありました。感想の一部を紹介しますと、「日本人のユーモアを初めて知った」（こちらでの日本人男性の評判は非常に悪く、傲慢だ、愛想がない、威張っている、などといわれています）、「何回も笑った」（そのときやっていたテレビで）、「面白くて一気に読んだ」（別の本を）、「英語がうまい。だれが翻訳したのか」、「どうやってプリントアウトしたのか」、「どこでプリント用紙を買ったのか」などです。

とくに、もとエマニエル・カレッジの副学長をしていた人は、非常に面白いと激賞してくれました。そして、こちらで出版できるかもしれない、約束はできないが、という話でした。その人は、小生のユーモアは哲学的である、といっていました。

これに自信をえて、さらに色んな人（本屋のお兄さん、カレッジの学長夫人、古典哲学の講師、レストランのおばさんなど）に進呈しました。もうすこししたら反応が返って来ると思いますので、その反応がよかったら、よいところだけを抜粋してお知らせします。

とにかく、小生の感覚がこれほど理解されるとは思ってもいませんでした。イギリス人のセンスのよさにあらためて感心しました。

日本人の感覚では考え付かないような指摘もありました。イギリスではアメリカほどではありませんが、「不適切な表現」に神経質になる傾向があります。小生のエッセイのなかにそれにひっかかる箇所があるというのです。それは、「妻の料理を三日食べた後ではどんなものでもおいしく感じる」、というところと、「妻の顔を三分間見た後では、どんな女でもきれいに見える」という箇所です。イギリス人はこのように女の悪口を言うのは嫌うから、とくにフェミニストの傾向がある女性はこの箇所では笑わないだろう、という指摘を受けました。逆に女が男の悪口を言うのは許されるというのですから、不公平です。

佐藤さんもお忙しそうですが、くれぐれも無理をしないよう、お身体に気をつけて下さい。それ以上に、小生がせっかく日本人の評判を高めているのを帳消しにしないよう、気をつけて下さい。国籍を偽るのが一番いいと思います。しかし、学会発表などで「自分はカネボウの者だ」と偽って、ライバル社の評判を落とすようなことは、しないで下さい。

なお、エッセイの英訳をお送りします。外人に対して自分の評価を高めたいときは、これを外人に見せ、「自分はこれを書いた者より年上である」とでもいって下さい。ではまた。

五月六日

土屋賢二

土屋賢二　様

お手紙と英文のエッセイどうも有り難うございます。わたしは今週から渡米するので、じっくり英文の添削をしてあげられないのが残念です。このままでは日本がフジヤマとゲイシャガールとゴジラだけのアメリカにおけるイメージに加えてイギリスではイノセントのイメージが加わることを心から憂いています。それにしても、全訳したとは大変よくできました、とほめてあげたいところですが、こんなことをしているから時間がなくなって「学問への情熱だけ」などと、あらぬ妄想をいだかずにはいられなくなってしまうのですよ。文部省の金を使ったアリバイを作るために慌てて縄を綯っていると正直に言えば気が楽になるのに。ドロナワを英語で何というか調べてみたらit's too lateと出てきました。つまらない言語です。新興住宅街をnewly builtと英訳していましたが、これで日本語の持つニュアンスが伝わりますかね。このエッセイの中の「……建物の壁に名前を彫って帰国すれば、ケンブリッジ大学に名をとどめることも可能です……」の名を残す意がimmortalize a nameになってしまうのですか。immortalizeはわたしたちの業界では不死化、すなわち癌化して死なない、などに使うので、永遠に残るということになるのでしょうが、日本語の「名を残す」と同じニュアンスになるかははなはだ疑問です。そんなことより、日本で売れる本を書いてください。

それから、大変言いにくいのですが、いまの時点でヤクルト・スワローズの貯金は十もあります。巨人は勝率五割にもいっていません。広沢とハウエルを巨人にあげたおかげです。わたしのイニシャルがYSであることより、ほとんどヤクルトのオーナーと思っています。

わたしはしばらく日本にいませんので、この手紙の返事はいりません。リュックサックに本を詰め込んでコピーしまくってください。ただし、土屋さんの帰国後の日程がわかりましたら、早めにお知らせください。昔のバンド仲間に連絡して大歓迎会の日程を調整したいと思います。それから、和洋中華の何がお好みかもお知らせください。寿司とかうなぎとかローステッド・ビーフとかカレー味の餃子とかのご指定でも構いませんが、フィッシュ・アンド・チップスは駄目です。どうぞよろしく。

五月十七日

佐藤悦久

佐藤悦久　様

ご無沙汰していましたが、お変わりないことと存じます。こちらでは、ずっと集中ゼミがあり、大変な毎日でした。一週間、毎日朝から夕方の六時まで続くのです。学問だから何とか耐えられたものの、そうでなかったら、もっと楽しかったでしょう。

絵葉書ありがとうございました。真っ黒の中に「夜のニューヨーク」と書いてあるだけの絵葉書は、「夜のケンブリッジ」と同じで、著作権の侵害にはならないのでしょうか。ロンドンでも同じ「夜のロンドン」の絵葉書を見かけましたから違法でないのかもしれません。日本でも同様なものを作って、「夜の東京」や「夜の横浜」、「真昼の丹那トンネル」などを売るのも手だと思うのですが、一緒にやってみませんか。もし著作権の侵害だといわれたら、実際に写真をとったのだといい張るのです。そして日本国内では、真似されないように、特許（になるかどうか知りませんが、商標登録でも住民登録でもいい）をとっておくのです。このようなアイデアを読んであざ笑っておられるのが目に見えるような気がしますが、しかし、何でもない思い付きを実行して億万長者になった人もいるのです。ただあざ笑うだけの人は絶対に長者にはなれません。もちろん、アイデアを実行していっそう貧乏になったばかりか、物笑いの種になった人も数多いかもしれません。しかし、幸い、すでに物笑いになっている人にはそのような危険はありません。たんに「またか」と思われるだけです。それが佐藤さんを誘う理由です。

ところで、交換日記を整理してコピーを作り、ある人に読んでもらいましたが、その人（客員研究員でこちらに来ている人）とその家族の話では、面白かった、ということでした。といっても、その人は佐藤さんと同じくらい信頼性に欠けるため、その意見には客観性はありません。それに、言外に「佐藤さんの手紙がなければ、もっとすばらしい往復書簡集になっただろうに」という意味が込められていたように思います。

小生のエッセイについてあれから、さらに色々なイギリス人の感想を聞くことができました。「この面白さは尋常ではない」（異常に面白くない、の意か）、「自分の母親にコピーして読ませた。あんたの知らないところでもうあんたは有名になっている」（本屋のお兄さん）、「主人ともども大笑いした」（大家さん）、「セルビアを国連軍が空爆した」（テレビのニュース）などです。

他方ふたたび、フェミニスト的傾向の強い若い女性講師から、「不適切」な箇所があるという指摘がありました。それは「イギリス女性は美しくないと聞かされた」と書いた箇所です。おそらく、女を美で評価するのが女性差別だという考えなのでしょう。それなら「イギリスの女は頭が悪い」とか「手癖が悪い」というのなら許されるのでしょうか。あるいは「イギリスの男は美しくない」はどうなるのでしょうか。

とにかく、イギリス人は非常に個人差があり、すべての人に承認されるような文を書くのは不可能だということが分かりました。ある人々は不適切な表現に非常に敏感であるのに対し、ある人々はそのように気にするのを軽蔑しています。正しい表現を使おうとする運動は一部では浸透していて、たとえば、chairman（議長）は、たいてい、chair（椅子）と言われています。そのほか、

fireman→firefighter
manhole→access hole, inspection hole
black coffee→coffee without milk
maiden name→birth name
birth control→family planning

のような例があります。しかし、アメリカと違い、行きすぎを指摘する人もかなりいて、ある人々はそれを冗談にしています。たとえば

「ハゲ」：「follicularly challenged」（毛根に問題がある人）
「ちび」：「vertically challenged」（垂直方向に問題を抱えている人）
「でぶ」：「horizontally challenged」（水平方向に問題を抱えている人）

などと言って、からかっています。また冗談で、「適切な表現」だけで無理やり書いた物語も出版されています。

ただ、やはり、日本は女性差別という点ではまだ遅れているように思います。女子大にいるせいか、小生はすっかりフェミニストになっています。佐藤さんは、まさか女性を蔑視する傲慢な典型的中年男(たいていハゲている)ではないでしょうね。とくに、資生堂のように、女性の無理な希望につけこんで商売しているような職場にいるのだから、よけいに女性を賛美する必要があります。もちろん肉体を賛美するのではなく、精神も賛美しなくてはなりません。日本における女性の地位向上のため、おたがい、努力をおしまないようにしたいものです。問題は、日本の女性自身が目覚めていないことです。もっと大きい問題点は、女性の地位がすでに向上しきっているため、これ以上どうやったらそれを向上させられるのか、という点です。

先日、K氏から手紙があり、かれの息子が親の説得に逆らって、理科系から文科系に志望を変えた、と書いてありました。子供が親の意見をきかないのはたいてい親が間違っているからですが、K氏の場合はそれとは違い、息子がいうことをきかないのは親が非常に間違っているためです。

それはそうと、ヤクルトはまだ活躍しているのでしょうか。広沢とハウエルを放出したために、いい成績をだしているのかもしれませんが、これにならって資生堂も佐藤さんを放出すると何とかなるかもしれません。

六月三十日に帰国します。その後の予定はまだ決まっていません。たぶん、帰国後すぐに、集中講義をしなくてはならない可能性もあり、その場合には七月二十日くらいまでは、週末を除いては忙しいかもしれません（しかし食事の内容によっては時間を問わず暇だと思います）。

一番長い間食べていないのは高級料理です。生まれたときから食べていないのです。高級料理であれば和食でもフランス料理でもイギリス料理でも大歓迎です。高級ステーキでも高級寿司でも高級タコ焼きでも結構です。本当は佐藤さんをはじめ、バンドの仲間と久しぶりに顔を合わせることの方が楽しみです。料理はその楽しみを盛り上げるだけの添え物にすぎません。ただ、中年男が集まることを考えると、顔合わせが楽しいものになるかどうかは、料理に依存している部分が大きいだろうと思います。

帰国したら連絡します。それまでお元気で。

六月九日　　　　　　　　　　　　　　　　　土屋賢二

ケンブリッジから帰国して

土屋賢二

十ヵ月のケンブリッジ大学研修を終え、イギリスで知り合った人々から別れを惜しまれて帰国すると、「もう帰ったのか」、「お前のために仕事をとっておいたからな」という歓迎のことばが待っていました。英国仕込みの紳士になって帰ってきたつもりでしたが、帰国以来だれも気づいた様子はありません。見る目をもった人が周りにいないのが残念です。かといって、自分から「わたしは紳士だ」と叫ぶのは紳士らしくない態度だから苦しいところです。

ケンブリッジ大学は色々な点で日本の大学と変わっていました。単位制度がなく、一年に一度の総合試験に受かりさえすれば卒業できる仕組みになっており、一回も授業に出ないで卒業することも可能です。授業に出る学生は真剣で、居眠りするのもわたしくらいしかいませんでした。授業は一回六十分と短く、短い方が教師も学生も集中できることが分かりました。わたしの授業がうまくいかないのは、授業時間が長すぎるために違いありません（わたしの授業はとくに長く感じられるのです）。一回五分くらいにしたらもっとよい授業ができ

（写真は、首輪をつけていない方が筆者）

るでしょう。学期中集中的に授業や指導をこなすと、その後ほとんどの教師と学生は忽然と町から姿を消してしまいます。休暇にも仕事が残る日本と比べ、このメリハリのきいたやり方は参考になります。せめて休暇の部分だけでも見習いたいものです。

ケンブリッジの学生がお茶大生と違う点は、服装などが質素、アルバイトをしない、勉強熱心である、もの静かである、日本語をしゃべらない、などです。似ている点は、真面目である、貧乏である、フランス人ではない、などです。

あとがき

本書の構成は次のようになっている。
①表紙
②本文
③裏表紙
この構成は、世界の名著とされているものに共通する構成である。さらに本文は次の二つの部分から成り立っている。
①奇数ページ
②偶数ページ
これも世界の名著とされているものに共通する特徴である。

本書をゴルフや簿記などの本と思って買った人には悪いが、本書はそういった性質のものではない。また、本書は哲学書ではない。哲学を期待して本書を買った人は、石ころだと思って拾ったものがダイヤモンドだったことが分かった場合と同じ失望を味わうであろう。

何の期待ももたないで読んでいただくのがいいが、とくに次のものを本書に期待してはいけない。
①科学上の発見（コペンハーゲン解釈による量子論のフレミングの右足の法則など）
②実用的情報（ワニの養殖法など）
③香り高い文学（フレミングとワニの友情を詩的にうたいあげたものなど）
④社会への建設的提言（何も期待できない本を出版することの是非など）
⑤その他（恫喝、勧誘、説教、呪いなど）

わたし自身はユーモア・エッセイのつもりで書いたが、笑いも期待しない方が無難である。忍耐心の強化を期待する程度にしておくのが最善だと思う。

何につけてもいえることだが、どんなに忠告しても失望する人がいる。こういう人は一般に大きい期待をもちすぎる傾向がある。サルが書いたと思えば、どんなくだらない文章でも驚嘆の念をもって読むことができるはずである。

本書の内容がどうであれ、本書が何かのきっかけにならないともかぎらない。科学的発見など貴重な思いつきは何でもないことから生まれるものである。わたしもかつて論理学の本を読んでいて、今晩はタンメンを食べようと思いついたことがある。本書が貴重な思いつきのきっかけになってくれれば望外の幸せである。

本書は読者に満足してもらえるよう何重にも工夫してある。多くの人がわたしの文章に満足しないことを見越して、いしいひさいち氏の漫画を入れてある。それでも満足できない人のために、恵まれない人（わたし）に喜捨をしたという満足感がえられるようになっている。このように最悪でも、功徳を積んだという満足がえられるのである。

本書のうち、「吾輩ハ哲学デアル」は「小説現代」に連載したものに訂正を加えたものである。「訂正した」というと、以前書いたものに一部誤りが含まれていたかのように思う人がいるかもしれないが、それは見当違いである。むしろ真実が一部含まれている、といった方があたっている。ただ、誤りは多いかもしれないが、意識してウソをついたことは一度もないと断言できる（この断言が本書で最初についたウソである）。

本書の制作にかかわった人とは、不思議な因縁で結ばれている。いしいひさいち氏はわたしと同じ岡山県の出身で、小学校の後輩である。「小説現代」の担当の編集者がまた岡山県出身で高校の後輩であり、しかもわたしに何の断わりもなく、「土屋」を名乗っている（「滞英往復書簡録」で手紙の相手になった佐藤氏もわたしに何の断わりもなく、「佐藤」を名乗っている）。わたしは土屋氏とつきあって、「土屋」を名乗る者にはろくな人間がいないことを知った。いしい氏とは面識がないが、知り合えば同郷の人間同士だ。おたがいにろくな人間でないことが分かりあえると思う。

これだけのメンバーがそろったのだから、格調高いものができるはずがない。少しでも挽回しようとして「滞英往復書簡録」を付け加えたが、さらに悪化しただけだったと思う。手紙の相手が悪かった。もし森鷗外や夏目漱石が相手だったら、もっと格調高くなっていただろう。そのうえにわたしが柿本人麻呂か清少納言だったら、さらに格調高くなっていただろう。もしわたしが古代ギリシアの吟遊詩人ホメロスだったら、時代も言語も違うため、手紙のやりとりはできなかっただろう。

今後わたしが書簡集を出版することは二度とないだろう。あの手紙のやりとり以来、手紙は一本も書いていないのだ（これが本書でつく二回目のウソである）。だから、たとえ旅行記や獄中記を出版することはあっても、また、オリンピック出場体験や出産体験を書くことはあっても、書簡集を出すことはないだろう。

最後に、本書をまとめて下さった編集の見田葉子さんにお礼をいいたい。ひとり冷静かつ厳格かつ能率的に仕事をすすめた彼女がいなかったら、本書は日の目を見なかっただろう。本書が失敗しているとすれば、すべて彼女の責任である。

一九九七年七月六日

土屋賢二

文庫版あとがき

本書はわたし一人の力で出来たものではない。装丁、印刷、運搬、編集の作業をする人がいなければ本書はできなかった。そういう仕事をする能力はわたしにはない。装丁するセンスもなければ、印刷する技術も運搬する体力もない。編集にいたっては、そもそも原稿を催促する以外に何をすればいいのか、見当もつかない。

本書の内容については、いしいひさいち氏と佐藤悦久《よしひさ》氏にご協力をいただいた。お二人とわたしは偶然にも先輩後輩の間柄である。

＊＊＊

いしいひさいち氏には今まで一度も会ったことがないが、わたしの小学校の六、七年ほど後輩である。にもかかわらず、彼からはいまだに何の挨拶もない。菓子折り一つ届いたことがない。わたしは、こういう後輩をもっていることを深く恥じる者である。

それだけではない。本書が出てしばらくして、わたしがいしい氏の色々な漫画に登場しているることを知った。彼は、本書で描いた「ツチの子教授」を、わたしに無断で登場させているのだ。本書とまったく同じ顔のキャラクターで、わけの分からないことばを吐く愚か者として描かれている。始末の悪いことに、このキャラクターの言動がわたしに似ているため、どう見てもわたしを描いているとしか思えない（ただ、疑問なのは、わたしを描いているのなら、なぜブラッド・ピットに似せて描かないのかということである）。

このため、わたしのイメージが大きく悪化している。始末の悪いことに、そうでなくてもわたしのイメージはよくないのだ。さらに始末の悪いことに、わたしを知っている者は、物事を悪い方に悪い方にとる者ばかりだ。そのうえ始末の悪いことに、その連中は、くだらない相手には敬意を表そうとしない心の狭い者ばかりだ。

いしい氏によって受けた被害は大きい。たぶん、ロクな文章が書けないのも、宝くじが当たらないのも、彼のせいに違いない。彼がわたしに似たキャラクターを登場させるのは、肖像権の侵害か名誉毀損か、何かの犯罪になるのではないかと思う。後輩の身でありながら犯した点を考慮すれば、執行猶予はつかないであろう。

＊＊＊

往復書簡の佐藤悦久氏は、わたしの大学時代の先輩である。いしい氏とは対照的に、佐藤氏は先輩後輩の礼儀をわきまえている。ありがたいことに、これまでに数回、食事をご馳走していただいた。食事の相手が佐藤氏でなかったらもっとありがたかったところだ。しかし、後輩へのこの心配りを、世の先輩ヅラをした者に見習ってほしいものだ。

今でもよく先輩としてアドバイスをしてくれる。先輩というものはありがたいものだ。そのアドバイスが適切であったら、もっとありがたいところだ。

佐藤氏がどんな容貌なのか、を編集の見田さんに聞かれたことがある。いしい氏がイラストを描くときの参考にするためだ。わたしは控え目に答えた。

「悪いとしかいいようがありません。佐藤さんなら、どんなに悪く描いても描きすぎることはありません」

いしい氏が想像で描いたイラスト（滞英往復書簡録の扉を参照）を見ると、まるで佐藤氏を見て描いたようにそっくりだった。さすがにわたしをブラッド・ピットとはほど遠い顔に描くだけのことはあって、悪く描くのは得意なのだ。実物の佐藤氏を知りたければ、このイラストを五倍ほど悪くしたような顔を想像しさえすればいい。

佐藤氏をちょっと見ると悪人のように見えるかもしれないが、根は善良な人だ。この文庫版も、先輩として、五冊は買った上、出版祝いをしてくれるはずだ。

二〇〇一年十一月

土屋賢二

文庫化記念作品

作・いしいひさいち

初出………
「吾輩ハ哲学デアル」
小説現代'96年1月号～12月号
「滞英往復書簡録」
書き下ろし
単行本………
講談社刊'97年7月10日

|著者|土屋賢二　1944年岡山県生まれ。東京大学文学部哲学科卒。現在、お茶の水女子大学教授。独特の人を喰った文体で数多くの面白エッセイと数少ない哲学論文集を出版している。面白エッセイに『われ笑う、ゆえにわれあり』、『人間は笑う葦である』、『ツチヤの軽はずみ』、『ソクラテスの口説き方』などがあり、哲学論文集は『猫とロボットとモーツァルト』しかない。さくらももこ氏との対談集『ツチケンモモコラーゲン』も出版された。素顔はブラッド・ピットもまっ青になるほどである。

哲学者《てつがくしゃ》かく笑《わら》えり

土《つち》屋《や》賢《けん》二《じ》

講談社文庫

定価はカバーに
表示してあります

2001年12月15日第1刷発行

発行者――野間佐和子
発行所――株式会社　講談社
東京都文京区音羽2-12-21　〒112-8001
電話　出版部　(03)　5395-3510
　　　販売部　(03)　5395-5817
　　　業務部　(03)　5395-3615

Printed in Japan

デザイン――菊地信義
製版――大日本印刷株式会社
印刷――豊国印刷株式会社
製本――有限会社中澤製本所

落丁本・乱丁本は小社書籍業務部あてにお送りください。送料は小社負担にてお取替えします。なお、この本の内容についてのお問い合わせは文庫出版部あてにお願いいたします。　(庫)

ISBN4-06-273321-8

講談社文庫刊行の辞

二十一世紀の到来を目睫に望みながら、われわれはいま、人類史上かつて例を見ない巨大な転換期をむかえようとしている。

世界も、日本も、激動の予兆に対する期待とおののきを内に蔵して、未知の時代に歩み入ろうとしている。このときにあたり、創業の人野間清治の「ナショナル・エデュケイター」への志を現代に甦らせようと意図して、われわれはここに古今の文芸作品はいうまでもなく、ひろく人文・社会・自然の諸科学から東西の名著を網羅する、新しい綜合文庫の発刊を決意した。

激動の転換期はまた断絶の時代である。われわれは戦後二十五年間の出版文化のありかたへの深い反省をこめて、この断絶の時代にあえて人間的な持続を求めようとする。いたずらに浮薄な商業主義のあだ花を追い求めることなく、長期にわたって良書に生命をあたえようとつとめるところにしか、今後の出版文化の真の繁栄はあり得ないと信じるからである。

同時にわれわれはこの綜合文庫の刊行を通じて、人文・社会・自然の諸科学が、結局人間の学にほかならないことを立証しようと願っている。かつて知識とは、「汝自身を知る」ことにつきていた。現代社会の瑣末な情報の氾濫のなかから、力強い知識の源泉を掘り起し、技術文明のただなかに、生きた人間の姿を復活させること。それこそわれわれの切なる希求である。

われわれは権威に盲従せず、俗流に媚びることなく、渾然一体となって日本の「草の根」をかたちづくる若く新しい世代の人々に、心をこめてこの新しい綜合文庫をおくり届けたい。それは知識の泉であるとともに感受性のふるさとであり、もっとも有機的に組織され、社会に開かれた万人のための大学をめざしている。大方の支援と協力を衷心より切望してやまない。

一九七一年七月

野間省一

陳舜臣　小説十八史略　全六冊
陳舜臣　戦国海商伝(上)(下)
陳舜臣　琉球の風　全三冊
陳舜臣　中国詩人伝
陳舜臣　インド三国志
千野隆司　逃亡者
津村節子　智恵子飛ぶ
津本陽　塚原卜伝十二番勝負
津本陽　拳豪伝
津本陽　修羅の剣(上)(下)
津本陽　勝つ極意 生きる極意
津本陽　危地に生きる姿勢
津本陽　下天は夢か　全四冊
津本陽　鎮西八郎為朝
津本陽　幕末剣客伝
津本陽　武田信玄　全三冊
津本陽　乱世、夢幻の如し(上)(下)
津本陽　前田利家　全三冊
津本陽　加賀百万石
津本陽　真田忍俠記(上)(下)
津本陽　秀吉私記
津本陽　旋風陣信長〈変革者の戦略〉
津本陽・童門冬二　徳川吉宗の人間学〈変革期のリーダーシップを語る〉
津本陽・江坂彰　信長・秀吉・家康〈勝者の条件 敗者の条件〉
津村秀介　横須賀線殺人事件
津村秀介　能登の密室〈金沢発15時54分の死者〉
津村秀介　海峡の暗証〈函館着4時24分の死者〉
津村秀介　裏街
津村秀介　孤島
津村秀介　東北線殺人事件〈久慈・熱海殺人ルート〉
津村秀介　伊豆の死角
津村秀介　飛騨の陥穽〈高山発11時19分の死者〉
津村秀介　山陰の隘路〈米子発9時20分の死者〉
津村秀介　迂回の殺意〈伊東着16時27分の死者〉
津村秀介　巴里の殺意〈ローマ着18時50分の死者〉
津村秀介　逆流の殺意〈水上着11時23分の死者〉
津村秀介　仙台の影絵〈佐賀着10時16分の死者〉
津村秀介　真夜中の死者
霍見芳浩　脱・大不況
霍見芳浩　日本の再興〈生き残りのためのヒント〉
司凍季　さかさ髑髏は三度《たび》唄う
綱島理友　全日本なんでか大疑問調査団
綱島理友　街のイマイチ君
綱島理友　それマジ!?〈話のネタに困ったとき読む本〉
角田實　サブリミナル英会話
津島佑子　「伊勢物語」「土佐日記」を旅しよう〈古典を歩く2〉
弦本將裕　12動物60分類完全版マスコット占い
津原泰水　妖都
司城志朗　心はいつも荒野
土屋賢二　哲学者かく笑えり
出久根達郎　本のお口よごしですが
出久根達郎　佃島ふたり書房
出久根達郎　人さまの迷惑
出久根達郎　踊るひと
出久根達郎　面一本
出久根達郎　たとえばの楽しみ
出久根達郎　逢わばや見ばや

出久根達郎 おんな飛脚人
伴野 朗 元寇
戸川幸夫 ヒトはなぜ助平になったか
豊田 穣 英才の家系〈鳩山一郎と鳩山家の人々〉
ドウス昌代 水爆搭載機水没事件〈トップ・ガンの死〉
童門冬二 坂本龍馬の人間学
童門冬二 織田信長の人間学
童門冬二 小説蜂須賀重喜〈阿波藩財政改革〉
童門冬二 小説海舟独言
童門冬二 人を育て、人を活かす〈江戸に学ぶ〉
童門冬二 江戸管理社会反骨者列伝
童門冬二 冬の火花〈上田秋成とその妻〉
童門冬二 水戸黄門異聞
童門冬二 偉《えら》物《ぶつ》伝《でん》
藤堂志津子 マドンナのごとく
藤堂志津子 あの日、あなたは
藤堂志津子 さりげなく、私
藤堂志津子 きららの指輪たち
藤堂志津子 蛍姫

藤堂志津子 プワゾン
藤堂志津子 目《め》醒《ざ》め
藤堂志津子 彼のこと
藤堂志津子 絹のまなざし
藤堂志津子 せつない時間
藤堂志津子 さようなら、婚約者
藤堂志津子 白い屋根の家
藤堂志津子 海の時計(上)(下)
藤堂志津子 ふたつの季節
藤堂志津子 われら冷たき闇に
藤堂志津子 夜のかけら
藤堂志津子 愛犬リッキーと親バカな飼主の物語
藤堂志津子ほか 誘惑の香り
豊田行二 秘書室の殺人
鳥羽 亮 警視庁捜査一課南《なん》平《ぺい》班
鳥羽 亮 広域指定127号事件〈警視庁捜査一課南平班〉
鳥羽 亮 刑事魂〈警視庁捜査一課南平班〉
鳥羽 亮 切り裂き魔〈警視庁捜査一課南平班〉
鳥羽 亮 三鬼の剣

鳥羽 亮 隠《おぬ》猿《ざる》の剣
鳥羽 亮 鱗光の剣〈深川群狼伝〉
鳥羽 亮 蛮骨の剣
鳥羽 亮 妖鬼の剣
鳥羽 亮 秘剣 鬼の骨
鳥羽 亮 幕末浪漫剣
鳥羽 亮 浮舟の剣
鳥越 碧 萌がさね〈藤原道長室明子相聞〉
東郷 隆 架空戦記 信長〈覇王の海〉
東郷 隆 続・架空戦記 信長〈覇王暗殺〉
戸塚真弓 パリ住み方の記
戸塚真弓 パリからのおいしい旅
富岡多恵子 「とはずがたり」を旅しよう〈古典を歩く9〉
戸田郁子 ソウルは今日も快晴〈日韓結婚物語〉
ドリアン助川 湾岸線に陽は昇る
豊福きこう 水原勇気1勝3敗12S〈「超」完全版〉
夏目漱石 こころ
夏樹静子 黒白の旅路
夏樹静子 二人の夫をもつ女

夏樹静子 女の銃
夏樹静子 駅に佇《た》つ人
夏樹静子 そして誰かいなくなった
夏樹静子 クロイツェル・ソナタ
中井英夫 虚無への供物
永井路子 「平家物語」を旅しよう〈古典を歩く7〉
長尾三郎編 サハラに死す〈上温湯隆の一生〉
長尾三郎 マッキンリーに死す〈植村直己の栄光と修羅〉
南里征典 道玄坂濃蜜夫人
南里征典 山手《やまのて》背徳夫人
南里征典 金閣寺秘愛《ひあい》夫人
南里征典 新宿爛蕩《らんとう》夫人
南里征典 肉体の狩人
南里征典 箱根湖畔欲望殺人
南里征典 六本木芳熟夫人
南里征典 銀座魔性夫人
南里征典 欲望の仕掛人
南里征典 秘命課長狙われた美女
南里征典 秘命課長獣たちの野望

南里征典 秘命課長黄金の情事
永倉萬治 黄金バット
中島らも しりとりえっせい
中島らも 今夜、すべてのバーで
中島らも 白いメリーさん
中島らも 訊く
中島らも 逢う
中島らも 寝ずの番
中島らも他《ほか》 輝きの一瞬〈短くて心に残る30編〉
中島らも ひさうちみちお しりとり対談
中島らも編・著 なにわのアホぢから
鳴海章 ナイト・ダンサー
鳴海章 日本海雷撃戦(上)(下)〈コリア・クライシス〉
鳴海章 シャドー・エコー
鳴海章 風花
長村キット 英会話最終強化書
長村キット 3語で話せる英会話〈英会話最終強化書2〉
長村キット こんなときどう言う英会話辞典〈英会話最終強化書3〉
中嶋博行 検察捜査

中嶋博行 違法弁護
中嶋博行 司法戦争
中村天風 運命を拓く〈天風瞑想録〉
中村勝行 蘭と狗〈長英破牢〉
中澤天童 首都は名古屋で決まりだぎゃあ!
夏坂健 ナイス・ボギー
中尾彬 一筆啓上旅の空
西村京太郎 天使の傷痕
西村京太郎 名探偵なんか怖くない
西村京太郎 D機関情報
西村京太郎 殺しの双曲線
西村京太郎 名探偵が多すぎる
西村京太郎 ある朝海に
西村京太郎 脱出
西村京太郎 四つの終止符
西村京太郎 おれたちはブルースしか歌わない
西村京太郎 名探偵も楽じゃない
西村京太郎 悪への招待
西村京太郎 名探偵に乾杯

講談社文庫　目録

西村京太郎　七人の証人
西村京太郎　ハイビスカス殺人事件
西村京太郎　炎の墓標
西村京太郎　特急さくら殺人事件
西村京太郎　変身願望
西村京太郎　四国連絡特急殺人事件
西村京太郎　午後の脅迫者
西村京太郎　太陽と砂
西村京太郎　寝台特急あかつき殺人事件
西村京太郎　日本シリーズ殺人事件
西村京太郎　L特急踊り子号殺人事件
西村京太郎　寝台特急「北陸」殺人事件
西村京太郎　オホーツク殺人ルート
西村京太郎　行楽特急《ロマンスカー》殺人事件
西村京太郎　南紀殺人ルート
西村京太郎　特急「おき3号」殺人事件
西村京太郎　阿蘇殺人ルート
西村京太郎　日本海殺人ルート
西村京太郎　寝台特急六分間の殺意
西村京太郎　釧路・網走殺人ルート
西村京太郎　アルプス誘拐ルート
西村京太郎　特急「にちりん」の殺意
西村京太郎　青函特急殺人ルート
西村京太郎　山陽・東海道殺人ルート
西村京太郎　十津川警部の対決
西村京太郎　南神威島
西村京太郎　最終ひかり号の女
西村京太郎　富士・箱根殺人ルート
西村京太郎　十津川警部の困惑
西村京太郎　津軽・陸中殺人ルート
西村京太郎　十津川警部C11を追う
西村京太郎　越後・会津殺人ルート〈追いつめられた十津川警部〉
西村京太郎　華麗なる誘拐
西村京太郎　五能線誘拐ルート
西村京太郎　シベリア鉄道殺人事件
西村京太郎　恨みの陸中リアス線
西村京太郎　鳥取・出雲殺人ルート
西村京太郎　尾道・倉敷殺人ルート
西村京太郎　諏訪《すわ》・安曇野《あずみの》殺人ルート
西村京太郎　哀しみの北廃止線
西村京太郎　伊豆海岸殺人ルート
西村京太郎　倉敷から来た女
西村京太郎　南伊豆高原殺人事件
西村京太郎　消えた乗組員《クルー》
西村京太郎　東京・山形殺人ルート
西村京太郎　八ヶ岳高原殺人事件
西村京太郎　消えたタンカー
西村京太郎　会津高原殺人事件
西村京太郎　超特急《イベント・トレイン》「つばめ号」殺人事件
西村京太郎　北陸の海に消えた女
西村京太郎　志賀高原殺人事件
西村京太郎　美女高原殺人事件
西村京太郎　十津川警部 千曲川に犯人を追う
西村京太郎　北能登殺人事件
西村京太郎　雷鳥九号《サスペンス・トレイン》殺人事件
西村京太郎　十津川警部 白浜へ飛ぶ
西村京太郎　上越新幹線殺人事件

西村京太郎 山陰路殺人事件
西村京太郎ほか あなたが名探偵〈新企画！犯人は袋とじの中〉
西村寿行 帰らざる復讐者
西村寿行 赤い鯱《しゃち》
西村寿行 黒い鯱
西村寿行 白い鯱
西村寿行 碧《あお》い鯱
西村寿行 緋《ひ》の鯱
西村寿行 遺恨の鯱
西村寿行 幽鬼の鯱
西村寿行 神聖の鯱
西村寿行 呪いの鯱
西村寿行 異常者
西村寿行 癌病船応答セズ
西村寿行 わらの街
西村寿行 風紋の街
西村寿行 空蝉《うつせみ》の街
西村寿行 陽炎《かげろう》の街
西村寿行 石塊《いしくれ》の衢《まち》

西村寿行 ここ過ぎて滅びぬ
日本文芸家協会編 闇に立つ剣鬼〈時代小説傑作選〉
日本文芸家協会編 剣よ風を呼べ〈時代小説傑作選〉
日本文芸家協会編 江戸風鈴恋物語〈時代小説傑作選〉
日本文芸家協会編 鬼火が呼んでいる〈時代小説傑作選〉
日本文芸家協会編 剣が舞い落花が舞い〈時代小説傑作選〉
日本文芸家協会編 美女峠に星が流れる〈時代小説傑作選〉
日本文芸家協会編 剣の意地恋の夢〈時代小説傑作選〉
日本文芸家協会編 鎮守の森に鬼が棲む〈時代小説傑作選〉
日本推理作家協会編 犯罪ロードマップ〈ミステリー傑作選1〉
日本推理作家協会編 殺人現場へどうぞ〈ミステリー傑作選2〉
日本推理作家協会編 ちょっと殺人を〈ミステリー傑作選3〉
日本推理作家協会編 あなたの隣に犯人が〈ミステリー傑作選4〉
日本推理作家協会編 犯人ただいま逃亡中〈ミステリー傑作選5〉
日本推理作家協会編 サスペンス・ゾーン〈ミステリー傑作選6〉
日本推理作家協会編 意外や意外〈ミステリー傑作選7〉
日本推理作家協会編 殺しの一品料理《ア・ラ・カルト》〈ミステリー傑作選8〉
日本推理作家協会編 犯罪ショッピング〈ミステリー傑作選9〉
日本推理作家協会編 闇のなかのあなた〈ミステリー傑作選10〉

日本推理作家協会編 どんでん返し〈ミステリー傑作選11〉
日本推理作家協会編 にぎやかな殺意〈ミステリー傑作選12〉
日本推理作家協会編 凶器は狂気〈ミステリー傑作選13〉
日本推理作家協会編 犯罪見本市〈ミステリー傑作選14〉
日本推理作家協会編 殺しのパフォーマンス〈ミステリー傑作選15〉
日本推理作家協会編 故意・悪意・殺意〈ミステリー傑作選16〉
日本推理作家協会編 とっておきの殺人〈ミステリー傑作選17〉
日本推理作家協会編 花には水、死者には愛〈ミステリー傑作選18〉
日本推理作家協会編 殺人者へのレクイエム〈ミステリー傑作選19〉
日本推理作家協会編 死者たちは眠らない〈ミステリー傑作選20〉
日本推理作家協会編 殺人はお好き？〈ミステリー傑作選21〉
日本推理作家協会編 二転・三転・大逆転〈ミステリー傑作選22〉
日本推理作家協会編 あざやかな結末〈ミステリー傑作選23〉
日本推理作家協会編 頭脳明晰、特技殺人〈ミステリー傑作選24〉
日本推理作家協会編 誰がための殺人〈ミステリー傑作選25〉
日本推理作家協会編 明日からは、殺人者〈ミステリー傑作選26〉
日本推理作家協会編 真犯人は安眠中〈ミステリー傑作選27〉
日本推理作家協会編 完全犯罪はお静かに〈ミステリー傑作選28〉
日本推理作家協会編 あの人の殺意〈ミステリー傑作選29〉

日本推理作家協会編　もうすぐ犯行記念日〈ミステリー傑作選30〉
日本推理作家協会編　死導者がいっぱい〈ミステリー傑作選31〉
日本推理作家協会編　殺人前線北上中〈ミステリー傑作選32〉
日本推理作家協会編　犯行現場にもう一度〈ミステリー傑作選33〉
日本推理作家協会編　殺人博物館へようこそ〈ミステリー傑作選34〉
日本推理作家協会編　どたん場で大逆転〈ミステリー傑作選35〉
日本推理作家協会編　殺ったのは誰だ!?〈ミステリー傑作選36〉
日本推理作家協会編　殺人哀モード〈ミステリー傑作選37〉
日本推理作家協会編　殺人者〈ミステリー傑作選38〉
日本推理作家協会編　完全犯罪証明書〈ミステリー傑作選39〉
日本推理作家協会編　1ダースの殺意〈ミステリー傑作選・特別編1〉
日本推理作家協会編　殺しのルート13〈ミステリー傑作選・特別編2〉
日本推理作家協会編　真夏の夜の悪夢〈ミステリー傑作選・特別編3〉
日本推理作家協会編　57人の見知らぬ乗客〈ミステリー傑作選・特別編4〉
日本推理作家協会編　自選ショート・ミステリー〈ミステリー傑作選・特別編5〉
日本推理作家協会編　自選ショート・ミステリー2〈ミステリー傑作選・特別編6〉
C・W・ニコル　風を見た少年
C・W・ニコル　ザ・ウイスキーキャット
西木正明　間諜二葉亭四迷

西村玲子　玲子さんのキッチンおしゃれノート
西村玲子　玲子さんのすてき発見旅
西村玲子　玲子さんのおしゃれ感覚〈春・夏・秋・冬〉
西村玲子　玲子さんの365日私の定番
西村玲子　花にウキウキ
二階堂黎人　地獄の奇術師
二階堂黎人　聖アウスラ修道院の惨劇
二階堂黎人　ユリ迷宮
二階堂黎人　吸血の家
二階堂黎人　バラ迷宮
二階堂黎人　悪霊の館
二階堂黎人　私が捜した少年
二階堂黎人　人狼城の恐怖〈第一部ドイツ編〉
二階堂黎人　人狼城の恐怖〈第二部フランス編〉
二階堂黎人　人狼城の恐怖〈第三部探偵編〉
二階堂黎人　人狼城の恐怖〈第四部完結編〉
新美敬子　旅猫 MEET THE CATS AROUND THE WORLD
新美敬子　旅猫三昧
西澤保彦　解体諸因

西澤保彦　完全無欠の名探偵
西澤保彦　七回死んだ男
西澤保彦　殺意の集う夜
西澤保彦　人格転移の殺人
西澤保彦　麦酒《ばくしゅ》の家の冒険
西澤保彦　死者は黄泉が得る
西澤保彦　瞬間移動死体
西岡直樹　インドの樹、ベンガルの大地
西村健　ビンゴ
楡周平　ガリバー・パニック
新津きよみ　アルペジオ〈彼女の拳銃、彼のクラリネット〉
貫井徳郎　修羅の終わり
法月綸太郎　密閉教室
法月綸太郎　雪密室
法月綸太郎　誰《たそ》彼《がれ》
法月綸太郎　頼子のために
法月綸太郎　ふたたび赤い悪夢
法月綸太郎　法月綸太郎の冒険
野町和嘉　写文集ナイル

乃南アサ　鍵
乃南アサ　ライン
乃南アサ　窓
野口悠紀雄　パソコン「超」仕事法
野口悠紀雄　「超」勉強法
野口悠紀雄　「超」勉強法・実践編
野沢　尚　破線のマリス
野沢　尚　リミット
半村　良　妖星伝(一)鬼道の巻
半村　良　妖星伝(二)外道の巻
半村　良　妖星伝(三)神道の巻
半村　良　妖星伝(四)黄道の巻
半村　良　妖星伝(五)天道の巻
半村　良　妖星伝(六)人道の巻
半村　良　妖星伝(七)魔道の巻
半村　良　戸隠伝説
半村　良　講談碑夜十郎《いしぶみやじゅうろう》(上)(下)
半村　良　フォックス・ウーマン
半村　良　黄金伝説
半村　良　英雄伝説
半村　良　楽園伝説
半村　良　死神伝説
橋本　治　恋愛論
原田泰治　わたしの信州
原田泰治 原田武雄　泰治が歩く〈原田泰治の物語〉
林　育男　ビートルズで英語を学ぼう
林　真理子　星に願いを
林　真理子　テネシーワルツ
林　真理子　幕はおりたのだろうか
林　真理子　女のことわざ辞典
林　真理子　さくら、さくら〈おとなが恋して〉
林　真理子　みんなの秘密
M・ウォーカー 林真理子訳　マーガレットラブ・ストーリー〈『風と共に去りぬ』に秘められた真実〉
林　真理子 山藤章二　チャンネルの5番
原田宗典　スメル男
原田宗典　東京見聞録
原田宗典　何者でもない
原田宗典　見学ノススメ
林　望　帰らぬ日遠い昔
林　望　リンボウ先生の書物探偵帖
帚木蓬生　アフリカの蹄《ひづめ》
帚木蓬生　空夜
林　巧　マカオ発楽園行き〈香港・マカオ・台北物語〉
林　巧　チャイナタウン発楽園行き〈イースト・ミーツ・ウエスト物語〉
花房孝典　アジアの大常識〈みんなが知りたがる101の疑問〉
花村萬月　皆月
浜なつ子　アジア的生活
早瀬圭一　平尾誠二最後の挑戦
林　丈二　イタリア歩けば…
林　丈二　猫はどこ？
平岩弓枝　おんなみち全三冊
平岩弓枝　花嫁の日
平岩弓枝　結婚のとき
平岩弓枝　結婚の四季
平岩弓枝　わたしは椿姫
平岩弓枝　花祭
平岩弓枝　青の伝説

平岩弓枝　青の回帰(上)(下)
平岩弓枝　青　の　背　信
平岩弓枝　五人女捕物くらべ(上)(下)
平岩弓枝　はやぶさ新八御用帳(一)〈大奥の恋人〉
平岩弓枝　はやぶさ新八御用帳(二)〈江戸の海賊〉
平岩弓枝　はやぶさ新八御用帳(三)〈又右衛門の女房〉
平岩弓枝　はやぶさ新八御用帳(四)〈鬼勧の娘〉
平岩弓枝　はやぶさ新八御用帳(五)〈御守殿おたき〉
平岩弓枝　はやぶさ新八御用帳(六)〈春月の雛〉
平岩弓枝　はやぶさ新八御用帳(七)〈寒椿の寺〉
平岩弓枝　はやぶさ新八御用帳(八)〈春怨 根津権現〉
平岩弓枝　はやぶさ新八御用帳(九)〈王子稲荷の女〉
東野圭吾　放　課　後
東野圭吾　卒　業〈雪月花殺人ゲーム〉
東野圭吾　学生街の殺人
東野圭吾　魔　球
東野圭吾　浪花少年探偵団
東野圭吾　しのぶセンセにサヨナラ〈浪花少年探偵団・独立編〉
東野圭吾　十字屋敷のピエロ

東野圭吾　眠　り　の　森
東野圭吾　宿　命
東野圭吾　変　身
東野圭吾　仮面山荘殺人事件
東野圭吾　天　使　の　耳
東野圭吾　ある閉ざされた雪の山荘で
東野圭吾　同　級　生
東野圭吾　名探偵の呪縛
東野圭吾　むかし僕が死んだ家
東野圭吾　虹を操る少年
東野圭吾　パラレルワールド・ラブストーリー
東野圭吾　天　空　の　蜂
東野圭吾　どちらかが彼女を殺した
東野圭吾　名　探　偵　の　掟
東野圭吾　悪　意
広田靚子　香りの花束ハーブと暮らし
広田靚子　ハーブの庭から
広田靚子　アメリカハーブ紀行
姫野カオルコ　ひと呼んでミツコ

樋口有介　探偵は今夜も憂鬱
樋口有介　木野塚探偵事務所だ
樋口有介　誰もわたしを愛さない
弘兼憲史監〈渡辺利弥構成〉　課長島耕作の成功方程式
弘兼憲史監　課長島耕作の成功方程式PART2
弘兼憲史監　課長島耕作の男と女の成功方程式
弘兼憲史　サラリーマン勝者の条件
弘兼憲史　加治隆介の政治因数分解
日比野宏　アジア亜細亜　無限回廊
日比野宏　アジア亜細亜　夢のあとさき
日比野宏　夢街道アジア
S・ピエールサンティ監修　飛躍中田英寿〈日本では報道されないヒデの勇姿〉
平山壽三郎　東京《とうけい》城《じょう》残影
広瀬久美子　お局《つぼね》さまのひとりごと
藤沢周平　雪　明　か　り
藤沢周平　闇　の　歯　車
藤沢周平　春秋の檻　獄医立花登手控え①
藤沢周平　風雪の檻　獄医立花登手控え②
藤沢周平　愛憎の檻　獄医立花登手控え③

藤沢周平　人間の檻　獄医立花登手控え④
藤沢周平　決闘の辻　〈藤沢版新剣客伝〉
藤沢周平　市《し》塵《じん》(上)(下)
藤沢周平　義民が駆ける
古川　薫　雪に舞う剣
船戸与一　山猫の夏
船戸与一　神話の果て
船戸与一　伝説なき地
船戸与一　非合法員
船戸与一　カルナヴァル戦記
船戸与一　血と夢
船戸与一　蝕みの果実
船戸与一　午後の行商人
深谷忠記　横浜・修善寺0《ゼロ》の交差　〈「修禅寺物語」殺人事件〉
深谷忠記　偏差値・内申書殺人事件
深谷忠記　千曲川殺人悲歌　〈小諸・東京＋－の交差〉
藤田宜永　還らざるサハラ
藤田宜永　樹下の想い
藤原智美　運転士

藤　水名子　赤壁の宴
藤　水名子　公子曹植の恋
藤　水名子　王昭君
藤　水名子　公子風狂　〈三国志外伝 曹操をめぐる八つの短編〉
藤井素介　海鳴りやまず　〈八丈流人群像〉
藤原伊織　テロリストのパラソル
藤原伊織　ひまわりの祝祭
藤原伊織　雪が降る
フジテレビ監修　小説・ショムニ
藤田紘一郎　笑うカイチュウ
藤田紘一郎　空飛ぶ寄生虫
藤田紘一郎　体にいい寄生虫　〈ダイエットから花粉症まで〉
藤田紘一郎　サナダから愛をこめて　〈信じられない「海外病」のエトセトラ〉
藤本ひとみ　ウィーンの密使　〈フランス革命秘話〉
藤本ひとみ　時にはロマンティク
藤本ひとみ　聖アントニウスの殺人
フリープレス編　日本の顔・その歳で何をした!!
藤野邦夫　幸せ暮らしの歳時記
藤野千夜　少年と少女のポルカ

藤野千夜　おしゃべり怪談
藤沢　周　ソロ
船山　馨　お登勢
福井晴敏　Twelve《トゥエルブ》 Y.O.《ワイオー》
藤木美奈子　女子刑務所　〈女性看守が見た「泣き笑い」人生〉
辺見　庸　反逆する風景
星　新一　エヌ氏の遊園地
星　新一　ノックの音が
星　新一　盗賊会社
星　新一　おかしな先祖
星　新一編　ショートショートの広場①～⑨
本田宗一郎　私の手が語る
堀　和久　夢空幻
堀　和久　江戸風流医学ばなし
堀　和久　織田有《う》楽《らく》斎《さい》
堀　和久　中岡慎太郎
堀　和久　長い道《みち》程《のり》
堀　和久　大岡越前守忠相
堀　和久　江戸風流「食」ばなし

堀田　力　再びの生きがい〈特捜検事からボランティアへ〉
堀田　力　否認〈どうして言わないの〉
堀田　力　学問はどこまでわかっていないか
堀田　力　堀田力の「おごるな上司！」
堀田　力　堀田力の「あきらめるな！ニッポン」
星野知子　トイレのない旅
星野知子　子連れババ連れ花のパリ
北海道新聞取材班　解明・拓銀を潰した「戦犯」
カズコ・ホーキ　ロンドン快快
松本清張　草の陰刻
松本清張　黄色い風土
松本清張　黒い樹海
松本清張　連環
松本清張　花氷
松本清張　遠くからの声
松本清張　ガラスの城
松本清張　殺人行おくのほそ道(上)(下)
松本清張　湖底の光芒
松本清張　奥羽の二人
松本清張　塗られた本
松本清張　熱い絹(上)(下)
松本清張　邪馬台国　清張通史①
松本清張　空白の世紀　清張通史②
松本清張　カミと青銅の迷路　清張通史③
松本清張　天皇と豪族　清張通史④
松本清張　壬申の乱　清張通史⑤
松本清張　古代の終焉　清張通史⑥
松本清張　古代史私注
松本清張　新装版大奥婦女記
松本清張　新装版　火の縄
松本清張他　日本史七つの謎
丸谷才一　恋と女の日本文学
松下竜一　豆腐屋の四季〈ある青春の記録〉
前間孝則　亜細亜《アジア》新幹線〈幻の東京発北京行き超特急〉
マルハ(株)広報室編　お魚おもしろ雑学事典
前川健一　アジアの路上で溜息ひとつ
前川健一　いくたびか、アジアの街を通りすぎ
前川健一　アジア・旅の五十音
前川健一　タイ様式《スタイル》
松原惇子　ルイ・ヴィトン大学桜通り
麻耶雄嵩　翼ある闇〈メルカトル鮎最後の事件〉
麻耶雄嵩　夏と冬の奏鳴曲《ソナタ》
麻耶雄嵩　痾《あ》
麻耶雄嵩　あいにくの雨で
麻耶雄嵩　メルカトルと美袋《みなぎ》のための殺人
桝田武宗　いちど尾行をしてみたかった
桝田武宗　いちど変装をしてみたかった
黛まどか　聖夜の朝
町沢静夫　成熟できない若者たち
松浪和夫　摘出
松井今朝子　仲蔵狂乱
三浦哲郎　曠野の妻
宮城まり子編　としみつ
三浦綾子　ひつじが丘
三浦綾子　自我の構図
三浦綾子　死の彼方までも
三浦綾子　毒麦の季《とき》

三浦綾子　岩に立つ
三浦綾子　青い棘《とげ》
三浦綾子　イエス・キリストの生涯
三浦綾子　あのポプラの上が空
三浦綾子　心のある家
三浦綾子　小さな一歩から
三浦光世 三浦綾子　愛に遠くあれど〈夫と妻の対話〉
三浦綾子 星野富弘　銀色のあしあと
宮尾登美子　一絃の琴
宮尾登美子　女のあしおと
宮尾登美子　花のきもの
宮尾登美子　天璋院篤姫(上)(下)
宮尾登美子　東福門院和子《まさこ》の涙
皆川博子　薔薇の血を流して
皆川博子　戦国幻野〈新・今川記〉
皆川博子　花櫓
宮本輝　二十歳《はたち》の火影《ほかげ》
宮本輝　命の器
宮本輝　避暑地の猫

宮本輝　ここに地終わり海始まる(上)(下)
宮本輝　花の降る午後
宮本輝　オレンジの壺(上)(下)
宮本輝　朝の歓び(上)(下)
峰隆一郎　東京-上野3.6キロの完全犯罪
峰隆一郎　博多・札幌 見えざる殺人ルート
峰隆一郎　特急「富士」「はやぶさ」殺人交差
峰隆一郎　金沢発特急「北陸」殺人連鎖
峰隆一郎　寝台特急「出雲」消された婚約者
峰隆一郎　特急「あずさ12号」美しき殺人者
峰隆一郎　特急「日本海」最果ての殺意
峰隆一郎　新幹線「のぞみ6号」死者の指定席
峰隆一郎　新幹線「やまびこ8号」死の個室
峰隆一郎　寝台特急「瀬戸」鋼鉄の柩
峰隆一郎　特急「北陸」「富士」個室殺人の接点
峰隆一郎　寝台特急「さくら」死者の罠
峰隆一郎　暗殺密書街道
峰隆一郎　特急「白山」悪女の毒
峰隆一郎　飛騨高山に死す

宮城谷昌光　侠骨記
宮城谷昌光　春の潮
宮城谷昌光　夏姫春秋(上)(下)
宮城谷昌光　花の歳月
宮城谷昌光　重《ちょう》耳《じ》(全三冊)
宮城谷昌光　春秋の色
宮城谷昌光　介《かい》子《し》推《すい》
宮城谷昌光　孟嘗君 全五冊
宮城谷昌光　春秋の名君
宮城谷昌光他　異色中国短篇傑作大全
水木しげる　コミック昭和史1〈関東大震災～満州事変〉
水木しげる　コミック昭和史2〈満州事変～日中全面戦争〉
水木しげる　コミック昭和史3〈日中全面戦争～太平洋戦争開始〉
水木しげる　コミック昭和史4〈太平洋戦争前半〉
水木しげる　コミック昭和史5〈太平洋戦争後半〉
水木しげる　コミック昭和史6〈終戦から朝鮮戦争〉
水木しげる　コミック昭和史7〈講和から復興〉
水木しげる　コミック昭和史8〈高度成長以降〉
水木しげる　総員玉砕せよ！

水木しげる監修　オフィス妖怪図鑑
水木しげる絵　大泉実成文　水木しげるの妖怪探険〈マレーシア大冒険〉
宮脇俊三　古代史紀行
宮脇俊三　平安鎌倉史紀行
宮脇俊三　全線開通版・線路のない時刻表
宮脇俊三　徳川家康歴史紀行5000㌔
水野麻里　セカンド・ヴァージン症候群
水原秋櫻子編　俳句歳時記
宮部みゆき　ステップファザー・ステップ
宮部みゆき　震える岩〈霊験お初捕物控〉
宮部みゆき　天狗風〈霊験お初捕物控(二)〉
宮子あずさ　看護婦泣き笑いの話
宮子あずさ　看護婦が見つめた人間が死ぬということ
宮子あずさ　内科病棟24時〈生命を愛する看護婦たちの物語〉
みわ明　旅の達人がすすめる名湯・秘湯ベスト500
みつはしちかこ選　カミさん川柳
宮本昌孝　夕立太平記
宮本昌孝　尼首二十万石
宮本昌孝　春風仇討行
宮本昌孝　北斗の銃弾
宮城由紀子　部屋を広く使う快適インテリア術
水谷加奈　ＯＮ ＡＩＲ〈女子アナ恋モード、仕事モード〉
宮脇樹里　コルドン・ブルーの青い空〈女ひとり、ロンドン シェフ修行〉
村上龍　限りなく透明に近いブルー
村上龍　海の向こうで戦争が始まる
村上龍　コインロッカー・ベイビーズ(上)(下)
村上龍　アメリカン★ドリーム
村上龍　ポップアートのある部屋
村上龍　走れ！タカハシ
村上龍　愛と幻想のファシズム(上)(下)
村上龍　村上龍全エッセイ〈1976～1981〉
村上龍　村上龍全エッセイ〈1982～1986〉
村上龍　村上龍全エッセイ〈1987～1991〉
村上龍　テニスボーイ・アラウンド・ザ・ワールド
村上龍　快楽のテニス講座
村上龍　超電導ナイトクラブ
村上龍　イビサ
村上龍　長崎オランダ村
村上龍　フィジーの小人
村上龍　368Y Par4 第2打
村上龍　音楽の海岸
村上龍　村上龍料理小説集
村上龍　村上龍映画小説集
村上龍　ストレンジ・デイズ
村上龍　坂本龍一　EV. Café——超進化論
村上龍　山岸隆　「超能力」から「能力」へ
向田邦子　眠る盃
向田邦子　夜中の薔薇
村上春樹　風の歌を聴け
村上春樹　1973年のピンボール
村上春樹　羊をめぐる冒険(上)(下)
村上春樹　カンガルー日和
村上春樹　回転木馬のデッド・ヒート
村上春樹　ノルウェイの森(上)(下)
村上春樹　ダンス・ダンス・ダンス(上)(下)
村上春樹　遠い太鼓
村上春樹　国境の南、太陽の西

村上春樹 やがて哀しき外国語
村上春樹 アンダーグラウンド
村上春樹 スプートニクの恋人
村上春樹 佐々木マキ絵 羊男のクリスマス
村上春樹 糸井重里 夢で会いましょう
村上春樹・文 安西水丸・絵 ふわふわ
U・K・ル＝グウィン 村上春樹訳 空飛び猫
U・K・ル＝グウィン 村上春樹訳 帰ってきた空飛び猫
U・K・ル＝グウィン 村上春樹訳 素晴らしいアレキサンダーと、空飛び猫たち
村上 護編 俳句の達人30人が語る「私の極意」
村田信一 最前線ルポ戦争の裏側〈イスラームはなぜ戦いをやめないのか〉
森村誠一 人間の証明
森村誠一 忠臣蔵(上)(下)
森村誠一 背徳の詩集
森村誠一 暗黒凶像
森村誠一 殺人の祭壇
森村誠一 夜行列車
森村誠一 暗黒流砂
森村誠一 殺人の花客
森村誠一 ホームアウェイ
森村誠一 殺人の詩集
森村誠一 夕映えの殺意 プラトニック・ラブ・ストーリー
森村誠一 純愛物語
森村誠一 殺人のスポットライト
森村誠一 復讐の花期〈君に白い羽根を返せ〉
森村誠一 殺人プロムナード
森村誠一 流星の降る町〈『星の町』改題〉
森村誠一 青春の神話
森村誠一 死の器(上)(下)
森村誠一 完全犯罪のエチュード
森村誠一 影の祭り
森村誠一 殺意の接点
森村誠一 レジャーランド殺人事件
森 政弘 「非まじめ」のすすめ
森 瑤子 夜ごとの揺り籠、舟、あるいは戦場
森 瑤子 ミッドナイト・コール
森 瑤子 カフェ・オリエンタル
森 瑤子 美女たちの神話
森 瑤子 親しき仲にも冷却あり
森 瑤子 甲比丹《カピタン》
守 誠 「やり直し英語」成功法
守 誠 「やり直し英語」基礎講座
守 誠 英会話・やっぱり・単語
守 誠 通じる・わかる・英会話〈英会話・やっぱり・単語〉実践編〉
守 誠 ビジネス英語・なるほど・単語
守 誠 大ワザ小ワザ・すぐしゃべれる英会話
毛利恒之 月光の夏
毛利恒之 月光の海
毛利 衛 宇宙実験レポート〈スペース・シャトル エンデバーの旅〉
森口 豁 最後の学徒兵〈BC級死刑囚・田口泰正の悲劇〉
森まゆみ 抱きしめる、東京〈町とわたし〉
百田まどか 妻はオイシ過ぎる
百田まどか 出産は忘れたころにやって来る
森田靖郎 東京チャイニーズ〈裏歌舞伎町の流氓たち〉
森田靖郎 新宿幇〈東京チャイニーズ〉
森田靖郎 密航列島
森 博嗣 すべてがFになる〈THE PERFECT INSIDER〉

講談社文庫　目録

森　博嗣　冷たい密室と博士たち〈DOCTORS IN ISOLATED ROOM〉
森　博嗣　笑わない数学者〈MATHEMATICAL GOODBYE〉
森　博嗣　詩的私的ジャック〈JACK THE POETICAL PRIVATE〉
森　博嗣　封印再度〈WHO INSIDE〉
森　博嗣　まどろみ消去〈MISSING UNDER THE MISTLETOE〉
森　博嗣　幻惑の死と使途〈ILLUSION ACTS LIKE MAGIC〉
森　博嗣　夏のレプリカ〈REPLACEABLE SUMMER〉
森　博嗣　今はもうない〈SWITCH BACK〉
森　博嗣　数奇にして模型〈NUMERICAL MODELS〉
森　博嗣　有限と微小のパン〈THE PERFECT OUTSIDER〉
森　博嗣　森博嗣のミステリィ工作室
森枝卓士　私的メコン物語〈食から覗くアジア〉
森　浩美　推定恋愛
諸田玲子　空っ風
柳田邦男　ガン回廊の朝《あした》（上）（下）
柳田邦男　ガン回廊の炎（上）（下）
柳田邦男　「人間の時代」への眼差《まなざ》し
柳田邦男　いのち〈8人の医師との対話〉
柳田邦男　この国の失敗の本質

山田風太郎　戦中派不戦日記
山田風太郎　婆沙羅
山田風太郎　甲賀忍法帖〈山田風太郎忍法帖①〉
山田風太郎　忍法忠臣蔵〈山田風太郎忍法帖②〉
山田風太郎　伊賀忍法帖〈山田風太郎忍法帖③〉
山田風太郎　忍法八犬伝〈山田風太郎忍法帖④〉
山田風太郎　くノ一忍法帖〈山田風太郎忍法帖⑤〉
山田風太郎　魔界転生（上）（下）〈山田風太郎忍法帖⑥⑦〉
山田風太郎　江戸忍法帖〈山田風太郎忍法帖⑧〉
山田風太郎　柳生忍法帖（上）（下）〈山田風太郎忍法帖⑨⑩〉
山田風太郎　風来忍法帖〈山田風太郎忍法帖⑪〉
山田風太郎　かげろう忍法帖〈山田風太郎忍法帖⑫〉
山田風太郎　野ざらし忍法帖〈山田風太郎忍法帖⑬〉
山田風太郎　忍法関ヶ原〈山田風太郎忍法帖⑭〉
山村美紗　マラッカの海に消えた
山村美紗　葉煙草《シガリロ》の罠
山村美紗　花の寺殺人事件
山村美紗　ガラスの棺
山村美紗　三十三間堂の矢殺人事件

山村美紗　ヘアデザイナー殺人事件
山村美紗　京都紫野殺人事件
山村美紗　京都新婚旅行殺人事件
山村美紗　京都愛人旅行殺人事件
山村美紗　京都再婚旅行殺人事件
山村美紗　大阪国際空港殺人事件
山村美紗　小京都連続殺人事件
山村美紗　シンデレラの殺人銘柄
山村美紗　グルメ列車殺人事件
山村美紗　シンガポール蜜月旅行殺人事件
山村美紗　恋盗人
山村美紗　天の橋立殺人事件
山村美紗　愛の飛鳥路殺人事件
山村美紗　紫水晶殺人事件
山村美紗　愛の立待岬
山村美紗　山陽路殺人事件
山村美紗　ブラックオパールの秘密
山村美紗　花嫁は容疑者
山村美紗　平家伝説殺人ツアー

2001年12月15日現在